「寒いわね……」
アリスリーゼ・ルゥ・
ネビュリス９世
Aliceliese Lou Nebulis IX
ネビュリス皇庁第２王女。
(仮)病に倒れた燐を救うため、
ダイクンフー流古武術場の
門を叩く。

シスベル・ルゥ・
ネビュリス９世
Sisbell Lou Nebulis IX
ネビュリス皇庁第３王女。
アリスに連れられて一緒に
修行する羽目になる。
「風邪をひいてしまいますわ！」

「――さぞ楽な人生だろう?」
ヨハイム・レオ・アルマデル
Johaim Leo Armadel
皇庁でかろうじて生きる青年。星霊術欠乏症を患い、未来に絶望している。
イリーティア・ルゥ・ネビュリス9世
Elletear Lou Nebulis IX
ネビュリス皇庁第1王女。弱い星霊を宿したことで「絶対に王女にはなれない」と揶揄されている。

キミと僕の最後の戦場、あるいは世界が始まる聖戦 Secret File 3

細音 啓

ファンタジア文庫

3227

口絵・本文イラスト　猫鍋蒼

キミと僕の最後の戦場、
あるいは世界が始まる聖戦
Secret File 3

the War ends the world /
raises the world

So Se lu, Ee yum lavia.
交差する。

Ee yum miel-Ye-dia peqqy. Pie nes hec sioles Ee dyid hiz eis.
あなたたちは互いを満たし、歩きだすでしょう。そこに本当の自分はいない。

Shie-la So tel. Sew sia toola Eeo miqvy.
どうか振り返ってほしい。わたしはいかなる時もあなたたちを見過ごしはしない。

機械仕掛けの理想郷

「天帝国」

イスカ
Iska

帝国軍人類防衛機構、機構Ⅲ師第907部隊所属。かつて最年少で帝国の最高戦力「使徒聖」まで上り詰めたが、魔女を脱獄させた罪で資格を剥奪された。星霊術を遮断する黒鋼の星剣と、最後に斬った星霊術を一度だけ再現する白鋼の星剣を持つ。平和を求めて戦う、まっすぐな少年剣士。

ミスミス・クラス
Mismis Klass

第907部隊の隊長。非常に童顔で子どもにしか見えないがれっきとした成人女性。ドジだが責任感は強く、部下たちからの信頼は厚い。星脈噴出泉に落とされたせいで魔女化してしまっている。

ジン・シュラルガン
Jhin Syulargun

第907部隊のスナイパー。恐るべき狙撃の腕を誇る。イスカとは同じ師のもとで修行していたことがあり、腐れ縁。性格はクールな皮肉屋だが、仲間想いの熱いところもある。

音々・アルカストーネ
Nene Alkastone

第907部隊のメカニック担当。兵器開発の天才で、超高度から徹甲弾を放つ衛星兵器を使いこなす。素顔は、イスカのことを兄のように慕う、天真爛漫で愛らしい少女。

璃洒・イン・エンパイア
Risya In Empire

使徒聖第5席。通称「万能の天才」。黒縁眼鏡にスーツの美女。ミスミスとは同期で彼女のことを気に入っている。

ネームレス
Nameless

使徒聖第8席。光学迷彩スーツで頭からつま先まで覆い、電子化された声でしゃべる男。刺客部隊の出身で、超絶の身体能力を誇る。

魔女たちの楽園

「ネビュリス皇庁」

アリスリーゼ・ルゥ・ネビュリス9世

Aliceliese Lou Nebulis IX

ネビュリス皇庁第2王女で、次期女王の最有力候補。氷を操る最強の星霊使いであり、帝国からは「氷禍の魔女」と恐れられている。皇庁内部の陰謀劇を嫌い、戦場で出会った敵国の剣士であるイスカとの、正々堂々とした戦いに胸をときめかせる。

燐・ヴィスポーズ

Rin Vispose

アリスの従者。土の星霊の使い手。メイド服の下に暗器を隠し持っており、暗殺者としての技能も高い。表情が乏しく何を考えているか分かりづらいが、胸の大きさにはコンプレックスがある。

シスベル・ルゥ・ネビュリス9世

Sisbell Lou Nebulis IX

ネビュリス皇庁第3王女で、アリスリーゼの妹。過去に起こった事象を映像と音声で再生する「灯」の星霊を宿す。かつて帝国に囚われていたところを、イスカに助けられたことがある。

イリーティア・ルゥ・ネビュリス9世

Elletear Lou Nebulis IX

ネビュリス皇庁第1王女。外遊に力を入れており、王宮をあけていることが多い。もっとも弱い純血種として知られる姫。

the War ends the world /
raises the world

Secret Fil

encer who wears
r swords and

the War ends the world / raises the world

Secret File

CONTENTS

File.01

キミと僕の最後の戦場、
あるいは
正義の持ち物検査

the War ends the world /
raises the world
Secret File

CONFIDENTIAL

初出：ドラゴンマガジン2021年1月号

1

魔女の楽園『ネビュリス皇庁』。

その国に激震が走ったのは、ネビュリス女王が発した一言からだった。

「本日の正午より、所持品の抜き打ちチェックを行います」

ざわっ。

会議終了間際《まぎわ》のこと。女王の突然の宣言に、大臣たちがざわめいた。

所持品チェック？

しかも抜き打ち？

いったいなぜ。まさか女王は、城の家臣たちを疑っているのか？

「女王陛下……それはいったい……」

「まさか、我々の中に裏切り者がいるとお考えでは……」

口々に呟《つぶや》く大臣たち。

「静粛に」

女王の一喝が、そんなざわめきを掻《か》き消《け》した。

「他意はありません。あくまで王宮の風紀を正すため」

「……風紀ですと？」

「そうです」

頷《うなず》く女王。

「ここ最近、どうも気持ちが緩んでいる者がいるようですから」


その一時間後。

「ん――……いい天気ね」

アリスはのんびりと城の中庭を散歩していた。

アリスリーゼ・ルゥ・ネビュリス9世。

眩《まぶ》しい金髪と愛らしい面立ちの王女である。一方で、敵の帝国軍から「氷禍《ひょうか》の魔女」の異名で恐れられるほど強大な星霊使いとしての顔も併せ持っている。

とはいえ――

そんな戦場での顔はどこへやら。

「あぁ……朝から晩まで毎日毎日、書斎にこもって書類にサインする仕事ばっかり。肩は凝るし背中は痛いし。もう、うんざりだわ！」

一言でいえば、今のアリスは職務放棄《さぼり》である。

王女のあまりの激務に音を上げて、中庭まで逃げてきたのだ。

しばしの休息。

だが午後は午後で、アリスには会議の予定がある。

「……ふぅ。だいぶ疲れも取れたし、これ以上サボったら燐《リン》に怒られそうね。もう部屋に戻ろうかしら」

王宮へ。

そのホールに立ち寄って、アリスはすぐに足を止めた。

「あら？」

何十人という人集《ひとだか》り。

それも兵士や大臣、従者たちがずらりと列を作って並んでいるではないか。

「……何かしらこれ？」

「いいところに来ましたねアリス」

「女王様《おかあさま》⁉　いったい何が起きたのですか？」

アリスにすれば、この人集りはもちろん、女王が一階ホールにいることが驚きだ。

普段なら女王の間にいる時間なのに。

「所持品チェックです。ホールを通る者たちの手荷物を片っ端から検査しているのですよ」

「……え？」

「ちょうどいい機会です」

女王が頷いた。

「アリス、あなたの手荷物は私自らがチェックしましょう」

「ちょ、ちょっと女王様《おかあさま》⁉」

「さあアリス。あなたの鞄《かばん》をこちらに渡すのです」

女王が詰め寄ってくる。

その有無を言わさぬ姿勢に、アリスはギクリと身を縮こまらせた。

「待って女王様《おかあさま》⁉　いったい全体……こんな所持品チェックなんて行事、わたし聞いてませんわ！」

「それが抜き打ち検査というものです」

アリスからすれば寝耳に水だ。

だが女王には、アリスのこの抵抗がいかにも怪しく映ったらしい。

「まずはボディチェックから」

「ボディチェックまで⁉」

「アリス、そこで止まりなさい」

金属探知機を手にした女王が、アリスの首から腰にかけてを撫《な》でまわす。

「ふむ？」

「く、くすぐったいですわ女王様《おかあさま》！」

「……よろしい。ボディチェックは異常なしと認めましょう」

「と、当然です！　ではわたしはこれにて……」

「待ちなさいアリス」

ぎくっ。

さりげなくホールを通り過ぎようとしたが、女王は見逃さなかった。

「まだ肝心なものの検査が終わっていませんよ。あなたが小脇に抱えている、そのハンドバッグです」

「こ、これは……!?」

なかば衝動的に。

アリスはつい、自分のハンドバッグを背中に隠してしまった。

思い当たるものが、ある。この中に一つだけ、皇庁関係者に知られたくないものが入っているからだ。

「わ、わたしを調べても何一つ怪しいものなんか出てきませんわ！」

「ほほう？」

きらりと目を輝かせる女王。

アリスの返事が、女王の耳にはさらに怪しく聞こえたらしい。

「何も怪しくないと？」

「そ、そうですわ！」

「ならばなぜ、そのハンドバッグを後ろに隠すのですか」

「うぐっ!?」

「アリス、観念なさい」

「……う、うぅ。わかりましたわ」

ハンドバッグを差しだすアリスと、その中を覗《のぞ》きこむ女王。

「？　空っぽですね」

「で、ですから怪しいものなんて一つも無いと──」

「おや？　これは」

女王がつまみ上げたのは、バッグの中に入っていた一枚の布だった。

「ハンカチですね」

「そ、それは……！」

「どうしましたかアリス」

「……い、いえ……」

アリス自身は、女王から目をそらすので精一杯だ。

いたって普通のハンカチ。

男物っぽい色ではあるが、だからといって勘づかれる要素はない。と信じたい。

「ふむ」

「――――――」

「まあ良しとしましょう。怪しいものではありませんから」

女王からハンカチとバッグが戻ってきた。

「お終《しま》いですアリス。時間を取らせてしまいましたね」

「……ほっ」

「そんなに不安でしたか？」

「い、いえいえいえいえ！　問題ないと確信してましたから！……あ、あはは……」

受け取ったハンカチをハンドバッグに戻す。

いや隠し直すというべきだろう。

……ああ怖かったわ。

……万が一にも気づかれたらどうしようって。

このハンカチは男物。

それもそのはず、元々アリスの物ではないからだ。

自分の好敵手《ライバル》――帝国剣士イスカから思わぬ状況で借りたものである。帝国製のハンカチだから気づかれたら大問題だ。

「……気が気じゃなかったわ」

「アリス」

「は、はい女王様《おかあさま》⁉」

「この検査、一人一人をチェックすると相当に時間がかかるようです」

女王がやれやれと溜息《ためいき》。

「検査を手伝ってください」

「女王様《おかあさま》と同じことをですか？　それくらいならお手伝いできますわ」

検査員としてアリスも参加。

ホールに並ぶチェック待ちの兵士や従者を見回して――

「あら？」

アリスは、そこに小柄な人影を見た。手荷物検査に並ぶ渋滞をこっそりとすり抜けて、昇降機《エレベーター》の方へと向かおうとする――

「待ちなさい！」

その人影を追いかけ、アリスは首根っこを掴《つか》み上げた。

「捕まえたわよシスベル！」

「ひぁっ⁉　な、何ですかお姉さま」

シスベル――鮮やかなストロベリーブロンドの髪に、愛らしい面立ちをした王女。

他ならぬアリスの妹だ。

「いきなり何なのです、わたくし部屋に戻ろうとしただけなのに」

「誤魔化されないわよ。あなた、検査の列をすり抜けてここまで来たでしょう」

「……さ、さあ？　何のことだか」

「怪しいわねぇ」

そっぽを向く妹を睨《にら》みつける。

アリス自身さっきまでイスカのハンカチを隠そうと内心冷や冷やだったが、それを乗り越えた以上もう何も怖くない。

むしろ今度は妹の番である。

「シスベル、あなたいつも部屋に籠もりっぱなしよね。会議も不参加で、毎日何をしてるのかしら」

「勉学ですわ」

　ふふん、とシスベルが即答。

「お姉さまと違って、わたくし頭で勝負する頭脳系タイプですから」

「……妙にバカにされた気がするけど、そんな堂々とした態度なら所持品検査も堂々と受けたらどうかしら！」

「あ、ちょっと⁉」

「わたしが直々にあなたのチェックをしてあげる！」

　再び首根っこを捕まえる。

　まずはボディチェック。女王《はは》から借りた金属探知機を妹に押しあてる。

「背中、お腹《なか》、ええと脇腹」

「く、くすぐったいですわ⁉　ちょっとお姉さま⁉」

「なるほど。怪しいものを隠し持っているわけじゃなさそうね」

「当然ですわ」

　シスベルがふぅと嘆息。

「まったく二分四十秒も時間を無駄にしました。ではわたくしは——」

「待ちなさいシスベル。まだこっちが終わってないでしょ」

「……あっ！」

シスベルが背負っていたリュックを、アリスが後ろから剝ぎ取った。

「何をするのですお姉さま！」

「後ろめたいものがないなら、正々堂々と持ち物検査を受けなさい」

ちなみに、自分《アリス》が女王《はは》から言われた言葉そのままである。

「リュックの中を拝見……あら、確かに辞書と専門書だらけね」

頭で勝負するタイプと言うだけあって、リュックの中は本がぎっしり。数学や物理の専門書、難しい言語の辞書などだ。

「……怪しいものは無いわね」

「当然ですわ。さ、もういいでしょうお姉さま」

「あら？」

リュックを埋めつくす本の下層で、一冊の本がアリスの目に留まった。

この本だけ妙に薄い。

そして派手なピンク色の表紙。この本はいったい何だろう。

「これは何かしら……えいっ」

「あっっっっ⁉」

リュックの下からその本を引き抜く。

今まで余裕綽々《よゆうしゃくしゃく》だったシスベルが、一瞬にして青ざめた。

「お、お姉さまそれは！」

「月刊『乙女バイブル』？　初めて聞く名前の雑誌ね。どれどれ」

表紙だけでは中身がわからない。

試しにページを開き、小説コーナーに目を通して——

アリスは、その場で固まった。

「……す、『睡眠薬を入れたお酒を彼氏に呑《の》ませて……眠った隙にベッドに……』……あ、あわわわ……」

「だ、だめですお姉さま——、読んじゃだめですわ——っ」

「シスベル！」

奪い返そうとする妹の手を、アリスはさっと払いのけた。

顔を真っ赤にしながらだ。

「これは何よ——！！？」

恋愛小説。それも登場人物のほとんどが、あられもない姿で登場するシーンばかり。

たとえ文字とはいえ、その鮮烈すぎる描写は、初々《ういうい》しきアリスの心には刺激が強すぎた。

こんなにも耽美《たんび》な大人の世界があったなんて――

「わたしになんてものを読ませるの！」

「勝手に読んだのはお姉さまです！」

「じゃ、じゃあなんてものを隠し持ってるのよ。数学の専門書や辞書でカモフラージュしておきながら、とびきり……と、とびきり破廉恥な！」

そう。よくよく見れば雑誌の端っこには18歳未満禁止という年齢制限つき。シスベルどころかアリスもまだ買えない雑誌である。

そこへ――

「どうしましたか？」

姉妹の騒ぎを聞きつけて、やってきたのは女王だ。

「あらシスベルも？」

「女王様《おかあさま》！」

女王の胸元へ、アリスは力いっぱい手元の雑誌を押しつけた。

「女王様《おかあさま》、これは国家の一大事ですわ。シスベルがこんなものを！」

「やめてお姉さまっっっ⁉」

「……これは！」

女王が目をみひらいた。

「シスベル！」

「ち、違うのです女王様《おかあさま》。これは──」

「アリス、所持品検査はあなたに任せましょう。私は今からシスベルと二人きりで話をしてきます。主に風紀の乱れについて」

「いやぁぁぁあっっっっ⁉　ごめんなさいごめんなさい女王様《おかあさま》！　つい興味が！」

アリスが見守るなか、所持品チェック初の「有罪《ギルティ》」となった妹は、廊下の奥へと引きずられていったのだった。

「……悪を成敗したわ」

ふぅ、と額の汗をぬぐう。

だがこれで満足してはならない。シスベルのような例が現実に見つかった以上、やはり検査は必要だ。

「次に怪しいのは……」

「アリス様、少々よろしいですか」

「あらシュヴァルツ？」

近づいてきたのは、スーツ姿をした白髪の老人。

王家に仕える従者シュヴァルツ。そしてこの老人が仕える相手こそ、今まさに「有罪《ギルティ》」となったシスベルである。

……もしやと思うけど。

……シスベルにあの本を渡したのは、このシュヴァルツ？

だとすれば大問題だ。

「アリス様、お嬢を見かけませんでしたかな。部屋を出たものの帰りが遅く……」

「シスベルなら、今ごろ女王様《おかあさま》と一緒にいるわ」

「ほう？ シスベル様が女王陛下とご歓談とは珍しい。親子水入らずということでしたら、従者の私としては安心です」

「……お説教よ」

「お説教？」

「ええ、だからシュヴァルツ」

老従者に向け、アリスは金属探知機を差しだした。

「あなたもチェックさせてちょうだい。手荷物検査よ」

「承知しました。女王陛下がお昼から実施されている検査ですな」

「ええ。みんな平等にね」

シュヴァルツは生え抜きの従者だ。品行方正が人の姿で歩いているような、まさしく従者の鑑《かがみ》であるというのはアリスとて重々承知だが。

……妹の従者だし、一応ね。

……妹があんな物を持ってたから。

あの主にしてこの従者あり。

シスベルが有罪《ギルティ》だった以上、その従者も厳しく取り調べるのが筋だろう。

「というわけで手荷物チェックよ」

「無論。どうぞアリス様のお気のすむまで」

自信満々に頷《うなず》くシュヴァルツ。

その言葉どおり、手荷物チェックで出てきたものは懐中時計、ハンカチ、そして身嗜《みだしな》みを整える櫛《くし》。

完璧だ。質素にして必要最低限のものだけを持ち歩く。まさに従者の鑑。

「……さすがシュヴァルツ。非の打ち所がないわね」

「恐縮です。では私はこれにて失礼」

堂々と去っていく老従者。

ここまでチェックは順調だ。シスベルの有罪《ギルティ》を暴《あば》くこともできた。が、続けて現れた男を前にして、アリスはわずかに眉根を寄せた。

「……仮面卿《きょう》」

「やあアリス君、今日も見目麗《みめうるわ》しいね」

金属製の仮面をつけた長身の男。

ネビュリス三王家の一つ――アリスたち「星《ルゥ》」と水面下で対立する「月《ゾア》」の血族。

この仮面卿は、その参謀に当たる古強者である。

「ところで」

仮面卿が周囲を見回した。

多くの兵士たちが集結し、ここ一階ホールを訪れた者たちの鞄《かばん》を検査している。

「なかなか盛況のようだが何があったのかね?」

「手荷物チェックですわ」

「ほう? また珍しい趣向を思いついたね」

仮面卿が顎に手をあてて押し黙る。

「ちなみに検査対象は?」

「このホールを通った者すべてです。例外はありませんわ」

もちろん貴方《あなた》もです。

この聡明《そうめい》な男には、あえて口に出さずとも伝わるだろう。

「なるほど。しかしアリス君？　私は、この後すぐに行われる会議に参加するために来た。手荷物と言ってもこの通り、会議資料の入ったクリアファイルしか――」

ビーッ。

アリスが無言で近づけた金属探知機が、高らかに鳴り響いた。

仮面卿の胸元からだ。

「クリアファイルしか、でしたっけ？」

「…………」

「胸の内側に何が入っているか、出してもらって良いですか」

「……まったく用心深いことだ」

黒スーツの男がやれやれと肩をすくめてみせる。

懐《ふところ》から取りだしたのは、やはりというか大型のナイフ。仮面卿曰《いわ》く「護身用だよ」だが、それにしては刃が鋭すぎる代物である。

「会議室にこんなナイフを持っていくおつもりですか？」

「……ふむ、さすがはアリス君。言葉のナイフが鋭いじゃないか」

仮面卿が微苦笑。

笑ってごまかすつもりか。アリスが一瞬その可能性に注意を巡らせた隙に――

「お茶の時間だ。では失敬」

スッ、と消失。

アリスの目の前から、あっという間に男の姿が掻《か》き消えた。

「あっ⁉ 逃げたわね！」

仮面卿の星霊は、時空干渉系。

空間転移でさっと逃げだしたのだろう。おそらく「会議がある」というのも真っ赤な嘘《うそ》。

本当は、このホールで自分たち《アリス》が何をしているのかの偵察に違いない。

「……本当、嫌がらせは天下一ね」

とはいえチェックは順調だ。

逃げたとはいえ仮面卿の手荷物検査で、アリスはさらに自信を得た。

「さあ次は誰かしら！」

「アリス様、こんなところにいらしたのですか」

「……あら燐？」

気合い十分。

そんなアリスの前に現れたのは、従者の燐だった。

「どうしたの燐？」

「どうしたも何も、勝手に書斎を抜けだされたのはアリス様じゃありませんか。まだまだ仕事は残って……おや？」

燐の目線が、アリスの握っている金属探知機へ。

「また妙な遊びを……」

「遊びじゃないわ。立派なお仕事よ。女王様《おかあさま》に頼まれたの」

ちなみに、女王はいまだシスベルの説教中で戻ってきていない。つまりはアリスが現場責任者も同然なのだ。

なおさら責任重大である。

「燐、こっちへ来なさい」

「へ？」

「あなたのチェックをしてあげるわ」

「私もですか⁉」

燐から驚きの声。

まさか自分が……といった表情で。

「お待ちをアリス様⁉　この私ですよ。アリス様に何年お付きしてると思っているのです。

顔パスで良《い》いじゃないですか！」

「いいえ燐。例外はないのよ」

アリスとて女王に検査された身だ。ホールに来た者には一切の例外が許されない。

「愛する従者だからこそわたしが直々に調べてあげる。これも信頼よ」

「……そうでしょうか」

「シュヴァルツも調べたわ。あなたも同じ従者として正々堂々と検査を受けなさい」

まずはボディチェック。

燐の腰あたりに金属探知機を近づけた瞬間、センサーが真っ赤に点滅し始めた。

「反応ありですって⁉」

これにはアリスも驚いた。

金属探知機が鳴ったのは仮面卿に続いて二度目。これは何かあるに違いない。

「燐！　あなたいったい何を隠し持っているのかしら」

「え？　ああこれは……」

「スカートの内側ね！」

「ってお待ちをアリス様⁉」

燐の制止も構わずに、アリスは躊躇《ちゅうちょ》なく燐のスカートに手を伸ばし——

「あ痛《いた》っ⁉」

鋭い金属針で指を刺して、悲鳴を上げた。

「……だから言ったのに」

溜息《ためいき》をつく燐がスカートをめくってみせる。

その内側からナイフや針やワイヤーなど、金属探知機で引っかかりそうな物が次々出てくるではないか。

「護衛用です。私はアリス様の部下なのですから、これくらい肌身離さず持ち歩いているのが当然です」

「……すっかり忘れてたわ」

これはアリスの失念だ。

直前に仮面卿の例もあったため、つい燐であることを忘れて夢中になってしまった。

「そうね。燐なら金属探知機が鳴って当然だわ」

「わかってもらえれば良いのです。では私はこれにて——」

「お待ちなさい？」

立ち去ろうとする燐の背中に、アリスは冷ややかに声をかけた。

「燐、あなた、らしくないわね」

「え？」

「いつものあなたなら、『アリス様がお仕事なら私も同席します』と言って、この場に残るはずよ」

今の燐は違う。

ホールから速やかに立ち去ろうとしたのだ。妹《シスベル》と同じように。

「燐、その鞄を見せてもらおうかしら」

「こ、これですか!?」

燐が露骨にうろたえだした。

実は最初から気になっていたのだ。燐が珍しくもハンドバッグを抱えていたことを。

「このハンドバッグには何も入ってません！　ただの私用です！」

「私用だから検査するのよ。さあ！」

「あっ!?」

燐から鞄をひったくる。有無を言わさず鞄の中を覗《のぞ》きこんだアリスの目に映ったものは、思いもよらぬ品々だった。

牛乳。アーモンド、キャベツの千切り。

そして謎の「発育レシピ」と書かれたお手製のメモ書き。

「こ、これは……ただの昼食です！　冷蔵庫にあったものを持ってきただけですから！」

慌てて答える燐。

だがアリスが気になったのは食材より、むしろ「発育レシピ」というメモ書きだ。

何、を発育？

牛乳、アーモンド、キャベツ？

そして燐のこの慌てっぷり。全ての要素から導き出されるものは――

「まさか！」

アリスの脳裏に、煌《きら》めく答えが。

「どれも胸が成長すると噂《うわさ》の食材ばかり！　そしてこの発育というキーワード。まさか燐、あなたは胸を大きくするために……って燐⁉　あなたどこへ行くの！」

「うわぁぁぁぁあっっっっっっん！」

燐が走りだした。

まるでサクランボのように顔を真っ赤にして。

「違います違います！　これは友人からもらっただけですぅぅっ！」

「燐！　それならなぜ逃げるの⁉」

「アリス様のばかぁぁぁっっ！」

　こうして——

　一人の有罪《ギルティ》と一人の悲しい犠牲者を出しながら、皇庁の抜き打ち検査は終了したのだった。

2

　それから数日後。

　皇庁から離れた帝国で、事件は起きた。

「ちょい待ったイスカっち。そこで止まりなさい」

「何ですか璃洒《リシャ》さん？」

「ふふ、今から所持品検査を行うのよ」

「……はい？」

　璃洒に突然呼び止められて、イスカはその場に立ち止まった。

「どういうことです？」

　ここは帝国軍の第三基地。

帝国兵であるイスカにとって、実家の庭のように見慣れたエリアである。だが今日は、入り口の前で違和感があった。

「ご覧なさいイスカっち。向こうでも所持品検査の行列ができてるでしょ」

「……そういえば」

基地の入り口が大渋滞。

いったい何事かと思ってはいたが、まさかそんな理由があったとは。

「璃洒さん？　どうしていきなり所持品検査を？」

「ふふん？　抜き打ちチェックだからこそ面白いと思わない？」

指先で眼鏡のブリッジを押し上げ、璃洒がいたずらっぽく笑んだ。

天帝参謀にして使徒聖・第五席の璃洒――帝国軍の女幹部で、旧使徒聖だったイスカとは顔なじみだ。

「司令部の会議で決まったのよん。ここ最近は帝国軍でも風紀の乱れが激しいねって」

「……そうですか？」

「そんなわけで基地内の兵士は全員参加。イスカっちも鞄《かばん》を机の上に置いて、ここにまっすぐ立ってみなさい」

直立するイスカ。

そこに、璃洒が手にした金属探知機を近づける。

「んー。反応なし。つまんないわねぇ。イスカっち何か隠し持ってないの？」

「……持ってたら大変ですよ」

「ボディチェック完了。続いて所持品検査ね」

机に置いたイスカの鞄を、さも我が物のように開ける璃洒。

中を覗きこんで――

「あれ？　何も怪しいものがない？」

「何で怪しいものを期待してるような言い方なんですかね……」

「えっちな本は？」

「ありませんよっ⁉」

「……おや？」

璃洒の声色が変わった。

彼女が鞄の中から取りだしたものは一枚のハンカチだ。

「へえ意外。イスカっち、随分と高級そうなハンカチ持ってるねぇ」

「そ、それは⁉」

思わず声が裏返った。

「ん？　どうしたのさイスカっち。そんな可愛《かわい》い声しちゃって」

「……い、いえ……」

イスカ自身は、璃洒から目をそらすので精一杯だ。

いたって普通のハンカチ。璃洒の言うとおり高級品ではあるのだが、それが何なのかまでは気づかれるはずがない。

そう願いたい。

「ふむ？」

「――――」

「まあ良しとしようかな。怪しいものは無いみたいね」

璃洒から鞄とハンカチが返ってきた。

「お疲れイスカっち」

「……ふぅ」

「おや。そんなに不安だった？」

「い、いえいえいえいえ！　当然問題ないと確信してましたから！……あ、あはは……」

受け取ったハンカチを急いで鞄の中にしまう。

いや隠し直すというべきだろう。

……あー、危なかった。

……まさか見つかるなんて。璃洒さん鋭いし、気づかれないか不安だった。

璃洒に見つかった高級品のハンカチ。

元々これはイスカが買った物ではない。

自分の好敵手《ライバル》──氷禍《ひょうか》の魔女アリスから「お返し」として渡されたものだ。皇庁で販売されている品であり、万が一にも気づかれたら大問題だっただろう。

「……ほんと気が気じゃなかった」

「イスカっち」

「は、はい璃洒さん⁉」

「この検査さー。やっぱ兵士を片っ端からチェックすると時間かかるんだよねぇ」

璃洒がやれやれと溜息。

「イスカっちも手伝ってよ」

「この検査をですか？」

「そそ。この検査は楽しいのよ。去年もすごかったよ？」

璃洒がいかにも悪そうな笑みで。

「前回の検査じゃわらわら出てきたんだから。すごいのが」

「……具体的に何ですか」

「ウチなんか、司令部の幹部に『黙っていれば今年のボーナス二割アップ』って言われたもんね。おかげで去年は優雅な生活ができたもんだよ」

「見逃してどうするんですか⁉」

「まあまあ。ってわけでイスカっちに任せたから」

「……朝の演習までですよ」

金属探知機を受け取って、イスカも検査場のテントの中へ。

そこにはイスカの見知った顔が。

「あれジン？」

「ん？　何だイスカか」

銀髪の狙撃手ジン。

イスカと同じ第九〇七部隊の青年が、検査場のテントに入ってきたところだった。

「お前が検査員か？」

「……璃洒さんに頼まれたというか、押しつけられた」

「そんなところだろうな」

ジンが鞄を机の上へ。

イスカが言うまでもなく、自分から鞄を開けてみせて――

「ほらよ」

「……怪しいもの無し」

「当たり前だ。そもそもこんな基地内で、人に疑われる物を持ち込む奴《やつ》がいるかよ」

ジンが嘆息。

金属探知機も当然のようにパスし、颯爽《さっそう》とテントの外へと出て行く。

「じゃあなイスカ。朝の演習までには戻って来いよ」

「わかった。ミスミス隊長と音々《ネネ》にもよろしく」

そう言ったイスカの背後――

何やら慌ただしい足音が聞こえてきたのは、その時だった。

「いやぁぁぁぁっ⁉　な、何するの璃洒ちゃん⁉」

「へーきへーき。ちょっと抜き打ち検査するだけだってば」

璃洒に腕を引っ張られて、また一人検査場のテントに入ってきた。

大きなリュックを背負った、小柄な女兵士で――

「ってミスミス隊長⁉」

「たすけてイスカ君っ！」

こちらを見るなり、ミスミス隊長が小さな手を精一杯伸ばしてきた。

「璃洒ちゃんがアタシを誘拐しようとするの！」

「目の前を歩いてたから声かけただけじゃん。そしたらミスミスが逃げだしたのよね」

「……うぅ」

連行されてきたミスミスが、遂《つい》には観念してリュックを下ろした。

「……な、何もないもん！」

「ふぅん？　じゃあまずはボディチェックからね。ああイスカっち、その間にミスミスのリュック調べておいて」

「何もないってば⁉」

「それは調べてからのお楽しみよん。……ふむ確かに。金属探知機には反応ないけども」

疑いは晴れた。

が、璃洒はまだ疑っているらしく、不審げに腕組みしてみせて。

「イスカっち、そっちはどう？」

「不審物なしですよ」

ミスミスの荷物を調べるイスカ。

リュックの収納スペース一つ一つを見ているが、怪しいものなど入っていない。

「さすが隊長です。規律を完璧に守る姿、部下《ぼく》としても鼻が高いです」

「え？　あ、あはは……ま、まあね。なにせアタシは隊長だし……」

なぜかミスミス隊長は歯切れが悪い。

部下のイスカとも目を合わせようとせず、リュックを背負ってそそくさと背を向けて。

「じゃ、じゃあアタシはこれで。イスカ君も引き続きがんばっ──」

「お待ちなさい」

「ひあっ⁉」

「やけに怯《おび》えてるじゃないミスミス」

璃洒の目がぎらんと輝いた。

「ねえミスミス？　本当に何も隠してない？」

「隠してないよ⁉　イスカ君の検査だって何も怪しいものは見つからなかったもん！」

「……ふぅん？　本当かなぁ？」

ミスミスが背負っているリュックを開けて、璃洒が中を覗《のぞ》きこむ。

「お昼ご飯のお弁当に、着替えと水筒。なるほど、確かに一見すれば不審物は何もないわねぇ」

「だからそうだって──」

「ならコレはどうかしら」

璃洒が手を伸ばす。

リュックから取りだしたのは水筒だった。

「これは何かしらねミスミス」

「そ、それは⁉」

ミスミス隊長の顔色が変わった。

イスカと璃洒が見守るなか、愛らしい童顔がみるみる強《こわ》ばって。

「た、ただの水筒だよ。見ればわかるでしょ。訓練した後のプロテインジュースだよ！」

「プロテインジュースねぇ」

水筒の蓋を開ける璃洒。

透明なグラスに、その中身を注いでいって——

「え⁉」

イスカは目を疑った。

プロテインジュースではない。

どろり、と。水筒からこぼれていくのは照り輝く茶色の液体だ。それが何の液体なのか、イスカにもすぐにはわからない。

が。

「ん？　いや、まさかこれは……！」

匂いを嗅いだ瞬間、イスカの脳裏に何かが閃《ひらめ》いた。

液体から漂ってくるわずかな酸味と甘い匂い。それは誰もが一度は食事で嗅いだことがあるであろう——

「まさか焼き肉のタレ⁉」

「ぎくぅっ⁉」

しまった。

そんな内心の叫びが、ミスミス隊長の表情に浮かび上がった。

「イスカ君、落ちついて！　これはプロテインジュースなの！」

「ですがこの色と匂いは……」

「プロテインジュースだってチョコ味やヨーグルト味があるでしょ。これは焼き肉のタレ味だよ！」

「そんなバカな⁉」

「上司のアタシを信じてイスカ君！」

胸に手をあてるミスミス隊長。

うるんだ瞳で、じっとこちらを見上げてきて。

「アタシが、部下のイスカ君を裏切ると思う⁉」

「いいえ」

「アタシが、この帝国軍基地の芝生で、夜な夜なこっそり一人バーベキューをするような上司だと思う⁉」

「それは思います」

「イスカ君――――っ⁉」

「ふっふっふ」

ミスミスの両肩をがっしりと摑《つか》み、璃洒が不敵な笑みを浮かべてみせた。

「ようやく犯人を捕まえたわよ」

「……璃洒ちゃん⁉」

「ここ最近、基地で原因不明の小火《ぼや》が発見されてたのよね。まさか火気厳禁の芝生でバーベキューしてるとは思わなかったわぁ」

「ごめんなさい――――っ⁉」

焼き肉のタレをその場に残し、ミスミス隊長が逃げていく。

「……まったく。バーベキュー用の木炭が芝生に散らばってたからもしやと思ったけど。

やっぱりミスミスだったのね」

璃洒が溜息《ためいき》。

逃げていったミスミスを追いかけて、テントの外へと飛びだして——

「お?」

そんな璃洒が、目の前を歩いている赤毛の少女を呼び止めた。

「音々たん、こっちこっち」

「あれ? どうしたの璃洒さん。それにイスカ兄も?」

音々が振り向いた。

ジン、ミスミス隊長、それに音々も同じ第九〇七部隊の隊員だ。

「音々たん、いま持ち物の抜き打ち検査してるのよね。音々たんもいいかしら」

「えっ⁉」

音々がビクンッと震えた。

いつもの天真爛漫《てんしんらんまん》な音々にしては、イスカの目からも不自然に見える驚きようだ。

「あ、あの璃洒さん……音々ちょっと用事があって……会議室に行ってからの検査だと嬉《うれ》しいんだけど……」

「だーめ。さあリュックを机に下ろしなさい?」

璃洒に捕獲される音々。

ちなみに逃亡したミスミス隊長は、璃洒の部下が今なお追跡中らしい。

「さあ何が出てくるかな」

ワクワク顔の璃洒がリュックの中を覗きこむ。

「……ドライバーに電動ドリル、ノコギリ、ヤスリ、木工パテ？」

「た、ただの機械工具だよ？　どう璃洒さん。怪しくないでしょ」

「……ふむ」

リュックの中を覗きこみながら璃洒が頷《うなず》いてみせた。

「基地に持ち込んじゃいけないって物は見当たらないか。音々たんは普段から優秀だし信じてあげよっかな」

「……あれ？　これは？」

璃洒に割って入るかたちで、イスカはつい反射的に口にしていた。

リュックの底――

そこにジッパーがついているのを発見してしまったのだ。まるでリュックの底も開けられますと言わんばかりに。

「まさか二重底……」

「あああああっっっっっ！」

音々が叫んだ。

「イスカ兄、それはだめぇぇ！」

時既に遅し。イスカの指摘に気づいた璃洒が手早くリュックの二重底を開けて、そこに隠されていたものを取りだした。

それは――

「あら、雑誌？」

一冊の雑誌だった。

妙に薄く、そして派手なピンク色の表紙が特徴的である。

「……璃洒さん、イスカ兄……そ、それはそのぉ……」

「月刊『乙女バイブル』？　初めて聞く名前の雑誌ね。どれどれ、恋愛小説なのかしら。イスカっちも一緒に見ましょ」

試しにページを開き、そこにあった小説コーナーを一読し――

イスカはその場で固まった。

「……す、『睡眠薬を入れたお酒を彼氏に吞《の》ませて……眠った隙にベッドに』…………う、うわぁ……」

「やめてイスカ兄！　読んじゃだめ――――っ」

「近頃の若い子ってすごいのを読んでるのねぇ」

「やめて璃洒さん――っ⁉」

恋愛小説どころの騒ぎではない。

イスカはもちろん、璃洒さえも顔を赤らめるほどに刺激的な内容だった。

「音々たん……あの可愛《かわい》い音々たんが、まさかこんなオトナの本を！」

「違うの璃洒さん！」

「しかもこれ、よく見たら18歳未満は禁止って書いてあるわよね。帝国軍の規律とは違うけど、これはちょっと良くないかも……」

「違うの！」

音々が吼《ほ》えた。

テントに響きわたるほどの声量で。

「これはその……音々の友達が貸してくれたもので……その……う、うわぁぁぁぁっっっっっん！」

そして逃げだした。

「イスカ兄のばかぁぁぁっっっっ！」

「そこに荷物を置いてくださいな」

「ほいよ」

冥が、肩から提げていた革製の鞄《かばん》をどさっと放り投げた。

ちなみに隣のネームレスはと言うと。

『俺が何かを持ってるように見えるか？』

なんと手ぶらである。

怪しい物は所持していないという意味ではわかりやすいが、帝国兵として適正な携行品を所持していないという意味でダメなパターンだ。

「おやネームレス、会議資料は？　今日は天帝陛下もご覧になる会議があるのに？」

『すべて頭に叩《たた》きこんである』

璃洒の指摘に、まるで悪びれないネームレス。

「ふうん、まあ良しとしよっかな。じゃあ次は……って冥さん⁉　何ですかこれ！」

冥の鞄を開けて、璃洒が悲鳴を上げた。

「すっからかんじゃないですか⁉」

「え？　干し肉とビスケットが入ってるじゃん？」

「会議資料はどうしたんです。まさかネームレスと同じで頭に入って――」

「いや全然」

「なら資料もってきてください！」

「璃洒ちゃん、今日の会議、隣の席で座ろうぜ」

「……ウチの資料見るつもりでしょ」

はぁ、と璃洒が大きく溜息。

これが部下なら叱りつけているところだが、なにせ冥は璃洒と同じ使徒聖である。

「……まあいっか。どうせ怒られるのウチじゃないし。はい二人とも行った行った、ウチは忙しいの」

「じゃーなー」

『俺を呼んだのは貴様だろうが』

嘆息まじりのネームレス。

ふらふらと去っていく冥。

どちらもさすが使徒聖と言うべきか、あまりに個性的な二人である。

「……ふぅ。これで最後かしら？」

璃洒がふぅと額を拭う。

「よしイスカっち、ウチらも職務に戻ろっか」

「もう朝の演習が始まりますからね。僕は訓練があるし、璃洒さんも会議ですよね?」

帝国軍の日課が始まる。

既に多くの兵たちが出勤している。基地の入り口で待っていても、もはや誰も通るまい。

と思った矢先に――

「はぁ……はぁ……だ、大誤算ですわ! まさか目覚まし時計が二つ同時に故障するなんて!」

息を切らし、小柄な女隊長が走ってきたではないか。

「このピーリエ、一生の不覚ですわ。寝坊して遅刻だなんて失態あってはならな――」

「ピーリエ隊長?」

「おやピーちゃんじゃん」

そんな女隊長を一目見て、イスカと璃洒は揃《そろ》って声をあげた。

ピーリエ・コモンセンス隊長。

しっとりとした黒髪に清楚《せいそ》な風貌ながら、内心、恐ろしいほどの出世欲を秘めた野心家である。ことあるごとにミスミス隊長をライバル視しているのも周知の事実だ。

「ピーちゃん、こっちこっち」

「……璃洒先輩!?」

璃洒の呼びかけに、ピーリエが目を輝かせて振り向いた。

「おはようございます璃洒先輩！　先輩から声をかけて下さるなんて、まさか……遂《つい》に、私を司令部に推薦してくれる日が来たのですね！」

「いや全然」

「……そ、そうですか。でも、そんなつれない璃洒先輩も素敵です。そしていったい何のご用でしょう」

じーっと。

ピーリエ隊長が見つめてきたのは、璃洒の隣に立つイスカだ。

「む？　よく見ればミスミスの部下ではありませんか。私、これでも朝の演習へと急いでいるのです。用があるなら――」

「所持品チェックです」

「……はい？」

「司令部の方針で、基地内の兵たちのボディチェックと荷物検査をすることになりました。ピーリエ隊長で最後ですよ」

「〜〜〜〜しょ、所持品を⁉」

飛び跳ねた。

と思いきや、艶《つや》やかな黒髪が乱れるほどの勢いで跳び下がった。

「こ、断りますわ！」

「……ピーリエ隊長？」

「近寄らないでミスミスの部下！　この品行方正な私が疑わしき物を所持しているわけがありません！」

「ええ。ですからそれを確かめるために検査をしたくて……」

「この痴漢！」

「痴漢⁉」

「わ、私に触ったら叫びますわよ！　あなたは一生変態の烙印《らくいん》を──」

「ピーちゃん？」

璃洒が、背後からピーリエ隊長をがっしりと捕まえた。

「ずいぶんと慌ててるじゃない？　そんだけ動揺してるってことは、検査のし甲斐《がい》がありそうねぇ」

「璃洒先輩⁉」

「さあイスカっち、ピーちゃんの鞄を開けるのよ」

「いやぁぁぁあっっ、や、やめなさい。私の鞄に指一本でも触ったら……むぐぅっ⁉」

「ピーちゃんは黙ってて」

璃洒がピーリエを押さえこむ。

「今よイスカっち！」

「わかりました」

いかにも高級そうなブランド鞄。帝国兵が基地に持ちこむには派手すぎる鞄を開けて、入っていたものを次々と取りだしていく。

「璃洒さん、折りたたみ傘です」

「許可よ。はい次」

「演習用の着替え一式です」

「はい次」

「スポーツドリンク」

「はい次」

「ノート型の電子端末」

「っ！」

ピーリエが息を呑《の》む。

そのわずかな動揺を、璃洒は見逃さなかった。

「そんなぁぁぁぁぁあっっっ⁉」

連行されるピーリエ隊長。

この後こってり司令部から怒られ、反省文の提出になるだろう。

「いやぁ。最後は大物だったわね」

満足そうに璃洒が腕組み。

やりきったという充実感でいっぱいの笑顔で。

「正しい事をした後は気持ちがいいわ……おや？」

璃洒がきょとんと瞬《まばた》き。

いつの間にか、彼女の両腕は左右それぞれから捕まえられていた。

「ネームレス？　冥さん？」

なんと使徒聖の二人である。

一度はテントを出て行った二人が、この場に戻ってきていた。

「……あの、これはいったい……？」

「なあ璃洒ちゃんよ」

『最後の一人が終わってないだろう？』

イスカがぽかんと見ている前で。

今の今まで飄々《ひょうひょう》としていた璃洒がハッと目をみひらいた。

「まさか⁉」

「そう。璃洒ちゃんの検査が残ってるじゃん」

『俺たちだけ検査して、まさか自分は逃れられるとでも？』

ネームレスが璃洒を拘束。

動けない璃洒の前で、冥が取りだしたのは帝国軍の標準装備であるリュックだ。

「それはウチの……⁉」

「璃洒ちゃんのロッカールームから取ってきた。さあ中身を見せてもらおうかな」

「だ、だめです冥さん⁉ そ、そのリュックには大変な機密が入ってるんですよ。天帝参謀たるウチしか見ちゃいけない大事な書類がぁぁぁぁっっ」

「……へぇ？」

冥が振り向いた。

リュックから取りだしたと思《おぼ》しき、缶ビールを握りしめて。

「なあ璃洒ちゃんよ。大事な書類ってのは、このよく冷えた缶ビールのことかな？」

「そ、それは〜〜〜〜っっ⁉」

「まだまだあるぜ」

冥がリュックをひっくり返した。

ガラガラと落ちていく缶ビール。二本や三本どころではない。

「あああああっ！」

璃洒の悲鳴。

転がっていく缶ビールを拾い集めようとするが時既に遅し。イスカを含め、テント内の兵士たち全員がこの一部始終を目撃してしまっているからだ。

「璃洒ちゃん、仕事中に飲酒ねぇ」

『立派な軍規違反だな。天帝陛下が知ればどうなるか』

「ち、違うから！」

璃洒が慌てて首を横にふる。

「これはその……誰かがウチのリュックに勝手に入れた缶ビールに違いないわ！　だよねイスカっち！」

「…………」

「あ、あれ？」

「……僕に言われても……」

「イスカっち――――――っ!?」

『決まりだな』

ガチャッ、と。

ネームレスの手錠が、璃洒の両手首を拘束した。

『言い訳は司令部で聞く』

「いこうか璃洒ちゃん。バカだなー。酒より炭酸ジュースの方が一億倍うまいのに」

「いやぁぁぁぁっっ⁉」

冥とネームレスに摑まれ、引きずられていく璃洒。

「ウチは……ウチは……休む暇もない残業続きでストレスが溜《た》まってただけなのにぃぃぃいいっっっ！」

連行されていく璃洒が、テントの外へと消えていく。

ぽつんとその場に残されて。

「……帝国軍、大丈夫かな」

不安しかない所持品検査の結末に、イスカは溜息《ためいき》をついたのだった。

File.02

キミと僕の最後の戦場、あるいは武術を極めし王女？

the War ends the world / raises the world
Secret File

CONFIDENTIAL

初出：ドラゴンマガジン2021年11月号

1

魔女の楽園『ネビュリス皇庁』。

その王宮の医務室で、アリスの悲愴《ひそう》な叫びがこだました。

「燐《リン》、しっかりして！　燐！」

「…………」

「燐っ⁉」

ベッドに横たわる茶髪の少女・燐。まったく目を開けようとしない彼女に抱きついて、アリスは涙を流していた。

「燐、お願い目を覚まして！」

「──手遅れです」

「女王様《おかあさま》！」

部屋にやってきたのは女王、つまりアリスの母だ。

「燐はここ最近ずっと疲れていました。極度の心労です。さぞ従者としての疲れが溜まっていたのでしょう」

「えっ⁉」

「アリス、あなたは燐を頼るがあまり、過度な負担を強いていたのではないですか？」

「……そんな……わたしそんなつもりじゃなかったのに！」

アリスが頭を抱える。

そんなアリスの目の前で、ベッドで寝こむ燐が身を痙攣《けいれん》させた。

「こふっ……ごほっ……！」

「先ほど医者に聞きました。燐の命は、もってあと一週間」

「そんな⁉」

咳《せ》きこむ燐を見つめて、アリスは悲鳴を上げたのだった。

「燐、目を開けてお願いだから！」


――燐に何が起きたのか。事の発端は昨日のこと。


「アリス様！」

従者の燐は、朝っぱらから主のアリスを叱りつけていた。

「また定例会議をサボりましたね！　アリス様が現れないと大臣が困ってましたよ！」

「……頭が痛かっただけよ」

「会議の前まで、あんなに元気に昼食を召し上がってたじゃないですか！」

アリスは、次期女王の呼び声も高い王女である。

童話の妖精さながらに愛らしく、凜《りん》とした気品があり、じゃっかん十七歳にして大人も羨む早熟な体型。さらには星霊使いとしても最強級。

非の打ち所がない王女である。

だが一方で……

アリスは、とにかく王女の仕事を嫌がるサボり魔なのだ。

「隙あらば王宮を抜けだして遊びに行くし、王女の仕事である会議も書類仕事も私に押しつけて……もう、今日という今日は許しません！」

拳を握りしめ、燐は叫んだ。

「恐れながら言わせて頂きます！　アリス様は王女として少々、自由奔放が過ぎます！」

原因はわかっている。

それはひとえに燐自身にある。

燐という優秀すぎる従者がいるからこそ、アリスは「どうせ燐がやってくれるから……」と王女の職務を怠けてしまう。

「会議に出て！　教養の勉強もして！　朝の挨拶会にもしっかり出る！　それが未来の女

王への第一歩です！」

「嫌よ」

「アリス様⁉」

「わたしは王女よ。だからこそ王宮の内側にばかり目を向けてはいけないと気づいたの。城を出て街を散策し、見聞を広める。これも大事なことでしょう！」

「商店街でおいしいパンやアイスクリームを買い食いして、映画館で映画を見てるだけじゃないですか⁉」

「それでいいのよ！」

アリスが堂々と胸を張る。

「わたしは新しい王女を目指すの。決められた仕事やスケジュールなんて鳥籠の中の鳥と何が違うの！　真の王女たる者、自分の意思で毎日を生きるべきなのよ！」

「……まーた屁理屈《へりくつ》を」

「というわけでわたしは外へ！」

「あ⁉　ちょっとアリス様⁉」

止める間もない。

あっという間に部屋を飛びだしてしまったアリスの背をぼんやり眺めて、燐は溜息をついたのだった。

「……はぁ。将来の女王となる方が、この有様《ありさま》では……」

「困っているようですね燐」

「女王様⁉」

アリスと入れ替わりで入ってきたのは、その母たる女王だった。

「……ご覧になっていましたか」

「苦労をかけますね燐。まったくアリスときたら」

女王が深々と溜息。

「しかし良《い》い機会です。燐、私と一つ小芝居を打ちましょう」

「……というと？」

「アリスに改心させるのです」

女王の目が輝いた。

「アリスがああも自由奔放なのは、燐、あなたが傍《そば》にいるからです。自分が頑張らなくても燐がいるという余裕が、アリスを怠惰にさせてしまう」

「……確かに」

「そこで燐、あなたには心労で倒れた演技をしてもらいます」

女王の演技《シナリオ》はこうだ。

アリスの度重なるワガママに疲れた燐が心労で倒れてしまう。

「さすがのアリスも反省するでしょう。燐《あなた》に迷惑はかけられないと、王女の仕事にも向き合うはず」

「なるほど！」

「善は急げ。明日の朝に決行です」

その翌日——

燐の演技に、アリスはすっかり騙《だま》されたのだった。

そして再び医務室へ。

ベッドに横たわる燐（演技）は、自分たちの計画が狙い通りの展開に進みつつあることを確信していた。

「…………ア、アリス様」

「燐!?　目が覚めたのね！」

「……は、はい……」

燐は弱々しく目を開けた。

息苦しそうに喘《あえ》いでいるが、これも主を騙すための演技である。燐を見つめるアリスは完全に信じきっている。

「……アリス様……一つお願いが」

「言って！」

「どうか……今後は……従者に迷惑をかけない王女になってください……」

「なるわ！　絶対なる！」

目を真っ赤にして頷《うなず》くアリス。

「約束するわ！」

「……これからは……ダンスレッスンから逃げだして映画を見に行ったり、大事な書類の裏にラクガキとかしない王女になってくれますか……」

「もちろんよ！」

ニヤリ。

内心「引っかかりましたね！」と小躍りしたくなる燐だが、ここで演技とバレては元も子もない。

「ごほっ……ごほっ！」

「燐⁉　苦しいのね！」

「……わ、私のことよりアリス様……どうか約束してください。立派な王女になると

……」

「なるわ！　約束する！」

「……では……次の会議にもちゃんと出てくれますね」

「出ないわ！」

「はい？」

思わず素で聞き返してしまった。

いま主は何と言った？

「会議なんて出ないわ！」

アリスがぐっと涙を拭って。

「わたしの大事な従者がこんな重態だっていうのに、暢気《のんき》に会議に出られるわけないでしょう！」

「……え？　いえ私の心労はアリス様が会議に出ないせいだから——」

「待ってて燐！」

アリスが燐の手を握りしめた。

「あなたを治す薬を見つけてみせる。こうしちゃいられないわ！」

そして立ち上がる。

颯爽《さっそう》と、外出用のコートを羽織って。

「しばし城を出るわ。一週間以内に戻ってくるから安静にしてなさい！」

「アリス様――――っっ!?」

逆効果だった。

燐の命を助けるために――

王女の責務を堂々と放棄できるだけの大義名分を得てしまい、アリスは部屋を飛びだしたのだった。


二時間後、王宮の中庭で。

旅支度を終えたアリスは、旅行用スーツケースを手にしていた。

「……会議をサボって読書にふけってきた日々が生きたわ。この本を読んだ記憶があったのよ」

手には一冊の古書。

城の図書館からアリスが借りてきたものである。

「皇庁のはるか南に伝説の霊峰あり。険しい道を登りきった頂上に、万病を癒やす伝説の薬草『キットキキ草』が生えている……」

燐を見てピンと来たのだ。

この伝説の薬草があれば燐を助けられるのではと。

「険しい山道、危険な獣たち。きっと過酷な旅になるでしょうね……」

拳を握りしめる。

「でもわたしは負けない！　キットキキ草を手に入れるためなら、どんなに辛《つら》い冒険も過酷な道のりも乗り越えてみせるわ！」

「そんな危険な旅にわたくしを連れていく気ですか⁉」

叫んだのは、ストロベリーブロンドの髪が愛らしい小柄な少女だ。

アリスの妹シスベル。

部屋で寝転んでいたのを、アリスが（強引に）引っ張り出してきたのである。

「嫌ですわ⁉　わたくしはそんな人里離れた霊峰なんて行きたくないです！　なんでわたくしが……！」

「あなたが一番暇そうだったからよ」

アリスがサボり魔なら、シスベルは極度の引きこもりである。

一年の大半を部屋に閉じこもって過ごしているせいで、城の廊下を歩いている姿さえ珍しい。

「この旅は過酷なものになるわ。わたしも一人では苦戦するでしょうね。だからこそもう一人必要だと思ったの」

「そんな旅に連れて行かないでください⁉」

「さあ出発！」

「ちょっと――――っ⁉」

抵抗するシスベルを引きずって、アリスは意気揚々と出発した。

いざ伝説の霊峰へ。

2

伝説の霊峰ヒケンカブラ――

うっすらと霧に覆われた登山道は、どこもかしこも石だらけで急斜面。さらに山の頂上を目指すには、なんと555段もの階段を登らねばならない。

空気は薄く、冷たい。

その過酷さゆえ、訪れた者の多くは道半ばにして諦め去っていくという。

「……わたくし諦めますわ」

「シスベル⁉」

「も、もう限界ですわ！　階段を登り続けて太ももはパンパンで、足の裏もマメだらけです……体力だって……！」

アリスの後ろを歩いていたシスベルが、全身汗だくで悲鳴を上げた。

「登っても登っても頂上につかないし、周りは霧だらけで見晴らしも悪いし、しかもさっきから野生の獣の雄叫《おたけ》びも聞こえてきますし！」

「頑張るのよシスベル」

疲れ果てた妹に、アリスは自らも息を荒らげながら振り向いた。

「わたしだってさっきから酸欠で頭が痛いけど、これも燐を助けるためよ。山頂だってきっともうすぐだから」

「まわりが霧だらけで何も見えませんが⁉」

そう。

この登山道は登れば登るほど霧が濃く、山の景観が見渡せない。自分たちがどこまで頂上に近づいたのかもわからない。

「そもそも『もうすぐ山頂よ』って、アリスお姉さまは一時間前も同じ台詞《せりふ》を言ってたじゃありませんか！」

「そんな気がしたからよ」

「でまかせですか⁉」

「勘よ。わたしも階段で３０００段を超えたところまでは数えてたし。そろそろ辿《たど》り着くはず……あっ⁉　見てシスベル！」

アリスが指さすのは階段の上部。

霧が晴れ――５５５段という階段の終点が見えた。

「頂上ですか⁉」

シスベルが歓喜の声。

「わたくしたち山の頂上に辿り着いたのですね！　ここに伝説の薬草が！」

「そうよシスベル。キットキキ草はもう目と鼻の先にあるわ！」

階段を駆け上がる。

それに伴って。アリスとシスベルの耳に、聞き慣れぬ掛け声が飛びこんできた。

「セイセイッ！」

「ハァッ！」

「ホアチャアッ！」

霊峰に響く、力強い声。

何十人という声量が響くように伝わってきたのは、その時だ。

「……アリスお姉さま？　なんですかこの掛け声は」

「……妙ね。ここは伝説の霊峰よ。滅多に人が立ち入らないはずなのに騒がしいわ……」

階段を登りきる。

霊峰の頂上で、アリスとシスベルが見たものは――

「セイセイセイッ！」

「ハイヤァッ！」

何十人もの修行僧が一心不乱に組み手稽古を行う光景だった。

誰もが全身傷だらけ。

しかし誰一人として修行を止めようとはしない。

「……アリスお姉さま？」

呆然《ぼうぜん》とシスベルが立ち尽くす。

「わたくしたち伝説の薬草を採りに来たんですよね」

「ええそうよ」

「わたくしの目にはむさ苦しい修行僧しか映っていませんが」

「……わたしの目にもそう見えるわ」

アリスも同感だ。

薬草はどこだ？　この修行僧たちは何者だ？

「む⁉　何者だ！」

そんなアリスとシスベルの訪れに、修行僧たちが反応した。

「何者だ！　まさか道場破り……」

「この霊峰に女二人でやってくるとは、いかにも怪しげな……」

「ま、待ってください⁉」

慌てたのはアリスの方だ。

伝説の薬草を求めて遠路はるばる山を登ってきたのに、待っていたのは屈強な修行僧。

説明がほしいのは自分たちである。

「わたしたちは一般人です！　ここに伝説の薬草があると聞いて……！」

「待てぇい！」

力強い雄叫び。

ざっ、ざっ、と。

修行僧を従えて現れたのは、道着姿の厳《いか》めしい大男だった。

「ほう？　この山に若き女人二人とは珍しい」

アリスとシスベルを頭から爪先まで眺める大男。

「ようこそダイクンフー流古武術場へ。吾輩《わがはい》は師範代クロオビである！」

「古武術⁉」

「ここは道場なのですか⁉」

「その通り」

クロオビと名乗る男が頷《うなず》いた。

「ここは世の格闘家たちが集う伝説の古武術道場である」

「……伝説」

「あ、なるほど。つまり伝説違いだったわけですわアリスお姉さま」

シスベルがポンと手を打って。

「この霊峰にあるのは伝説の薬草ではなく、伝説の道場だったというオチ」

「オチじゃ済まされないわよ⁉」

アリスとしては冗談ではない。

燐の命を救うために城を飛びだし、死に物狂いで登ってきたのに。

「ほほう？」

クロオビ師範代が目を輝かせた。

「お前たち、伝説の薬草を探しに山を訪れたのか」

「知ってるのですね！」

「知らん」

「紛らわしいです⁉……ああでも何てことなの。ここに来れば燐を助けられると思ったのに……そんな……！」

無駄足だった。

失意のアリスが、とぼとぼと山を立ち去ろうとしたところで――

「待てぃ！」

クロオビ師範代の力強い声が響きわたった。

「迷える娘たちよ、諦めるにはまだ早い！　我が道場の総師範ダイクンフー老師に会ってみてはどうだ」

「……老師？」

「そうだ。老師は、この山のすべてを知っておられる。伝説の薬草についても知っているはず」

「！　老師に会わせてください！」

「良かろう！」

クロオビ師範代が身を翻《ひるがえ》した。

弟子たちを引き連れて、山の奥へと歩きだす。

「お前たちには見込みがある。この『足砕きの魔階段』を登りきった奮闘を賞し、まずはお前たちを客人として認めよう」

そんな名前だったのね、この階段。

アリスとシスベルの内心の呟《つぶや》きなど知ってか知らずか、クロオビ師範代が足早に進んでいく。

「我が武術の総本山だ。そこに我らが偉大なる師範がおられる」

修行場の奥へ――

アリスたちが案内されたのは、山の頂上に造られた巨大な寺だ。

「なんて大きさなの⁉」

「王宮くらいありますわ⁉　わたくしこんな大きな寺を見たの初めてです！」

敷地《しきち》も広い。

なにしろ伝説の霊峰に建てられた伝説の武道場である。

「ねえシスベル、あれは何かしら？」

敷地を歩いていくうちに、アリスの視界にふと気になるものが。

「あんなに大きな大木が真っ二つになっているわ」

「よくぞ気づいた！」

前を歩くクロオビ師範代が、ここぞとばかりに振り向いた。

「あれこそは伝説の足刀樹《そくとうじゅ》。我らが総師範たるダイクンフー老師が足でなぎ倒した大樹である」

「すごいわ！」

「そんなバカなっ⁉」

アリスの感嘆。

続けざまにシスベルのツッコミが繋《つな》がった。

「お待ちをクロオビ師範代とやら。わたくし信じられませんわ。あんな大きな樹《き》を蹴り倒すなんて！」

「偉大なる老師に不可能はない」

クロオビ師範代の目には、揺るぎなき自信が滲《にじ》んでいた。

「ダイクンフー老師が木々を蹴り続けた修行時代の伝説である。大嵐のさなか雷に打たれて……気付けば目の前の木が割れていた」

「雷で割れただけですわ⁉」

「老師の溢《あふ》れる気が雷を呼んだのだ。これによりダイクンフー老師の必殺拳その五十九『神木轟雷脚《しんぼくごうらいきゃく》』が完成したのである！」

クロオビ師範代が語る「老師伝説」。

いったい老師とは何者だ？　そう思うアリスとシスベルだが、この伝説はまだ始まりでしかなかった。

「あら？」

シスベルが山の中腹を指さした。

「さっきまで流れていた川が、ここで途絶えていますのね？」

「よくぞ気付いた。これもダイクンフー老師の伝説の一つである」

「この川もですか⁉」

「そうだ。老師が川に浸《つ》かって沐浴《もくよく》していた時のこと。この山が燃え上がるほどの火事に見舞われて……気づけば川の水がすべて蒸発していた。老師の猛《たけ》る気が山火事をも引き起こしたのであろう」

「ただの自然現象ですわよ⁉」

「老師の必殺拳その四十『泰山燃吼拳《たいざんねんこうけん》』の完成である！」

「どんなペテン老師ですか⁉」

再び突っ込むシスベル。

その一方で――

「すごいわ老師！」

アリスは目を輝かせて老師の伝説に聞き入っていた。

なにしろ燐の命がかかっている。藁《わら》にもすがる思いのアリスには、老師伝説が何もかも素晴らしいものに聞こえてしまっていたのだ。

「……アリスお姉さま」

そんな姉に耳打ちするシスベル。

「妙な予感がしてきましたわ。老師が何者か知らないですが、本当に伝説の薬草を知っているのかどうか。疑ってかかるべきでは？」

「そんなことないわよシスベル！」

妹の忠告は、燐の快復で頭がいっぱいのアリスには届かなかった。

「クロオビ師範代！　それだけ凄《すご》い老師なら伝説の薬草も知っていますよね！」

「間違いない！」

師範代の答えは頼もしかった。

「だが老師も多くの弟子を抱えている。急ぎの面会となると『老師面会コース』に加え『割り込み特典付き即日コース』の上乗せで追加料金が必要になる」

「典型的な詐欺商売ですわ⁉」

「今すぐ払います、わたしとシスベルの二人分！」

「お姉さまっっ⁉」

シスベルの制止を振り切ってアリスは財布を取りだした。

「師範代、これでいいですか！」

「良かろう。ちなみに老師との面会が一時間から二時間に延長できる『スペシャル面会コース』もある。今なら老師との記念写真プレゼント！」

「払います！」

「お姉さま――――っっ⁉」

支払い完了。

こうしてアリスとシスベルは、老師との面会を許されたのだった。

「では行くぞ！　そうと決まれば道場へ案内しよう」

ダイクンフー流古武術、総本山。

その門の先にある廊下では、何百人という弟子たちが床の雑巾がけに勤《いそ》しんでいた。

「す、すごいですわね……？」

「これも修行の一環である」

廊下を進んでいくクロオビ師範代。

アリスとシスベルも、ここから先は靴を脱いでの裸足《はだし》である。

「この先が老師道場だ」

入り口を指さす師範代。

「本来ならば長き修行を積んだ弟子のみ入れるが、『スペシャル面会コース』を申しこんだお前たちは特別に通すが良《い》いとのお達しである」

一歩入ったその途端。

「きゃっ!?　ご、ごめんなさい！」

床に倒れていた修行僧を踏んづけてシスベルが悲鳴を上げた。

そこかしこに倒れた者たちが。

「クロオビ師範代、あ、あの……こんなに大勢の人が倒れてますわ！」

「心配無用」

倒れている弟子に目もくれず師範代が先を進んでいく。

「老師の百人組み手で倒れた弟子だ」

「ひゃ、百人⁉」

「見ろ。あれが老師だ」

師範代が指さす先に――

多くの弟子に囲まれた黒道着の老人が立っていた。立派な口ひげが特徴だが、その身体《からだ》は柳の木のように細い。

「え？　あれが老師ですの？」

シスベルがきょとんと瞬《まばた》き。

「なんだか痩せてて頼りないですわね。お弟子さんの方が若いし筋肉あるし、強そうですが……」

「否。さあ刮目《かつもく》せよ！」

師範代がそう促したと同時、老人が「はぁっ！」と吼《ほ》えた。

何もない虚空《こくう》を正拳突き。

その瞬間、触れられてもいない弟子たちが一斉に「うわぁ！」と悲鳴を上げて倒れていくではないか。

左右はもちろん、後ろに立っていた弟子たちまでも。

「インチキですわ⁉」

老人が吼えた。

痩せた身体のどこにこんな肺活量があるのかという大声で。

「皆まで言うな娘……いやアリスよ」

老師に顔を覗《のぞ》きこまれた。

「お主、さては悩みがあるな？　その悩みを解決するためにここに来た。そうであろう」

「なっ⁉」

アリスは思わず目をみひらいた。

まさに的中。燐が命の危機に陥っているのだ。

「なんでわかったんですか⁉」

「ほっほっほ。このダイクンフーに見通せぬものはない」

自信ありげな老師。

ちなみに後ろでは「……遠路はるばるこんな山奥を訪れるんだから、悩みの一つや二つあるに決まってますわ」とシスベルが呟《つぶや》いているのだが、それは興奮したアリスには届かなかった。

「安心するがいい」

老師が口ひげを撫《な》でながら。

「道場で心身を鍛えるのじゃ。さすれば悩みも消えよう」

「わたし頑張ります！」

「ちょっとお姉さま⁉　目的は⁉　燐を助ける目的は⁉」

「ほっほっほ。案ずるな小さき娘よ」

「誰が小さいですって⁉」

シスベルが目を吊《つ》り上《あ》げる。

アリス＝娘。

シスベル＝小娘というのが老師の第一印象らしい。

ちなみに「何が」小さいのか。これはシスベルにとっては見過ごせぬ問題である。

「答えなさい老師！　いったいわたくしのどこが小さいと⁉」

「お主らが探しているというキットキキ草についてじゃが……」

「無視っ⁉」

「安心せい。既に見当はついておる」

老師が目を光らせた。

「キットキキ草とは、この道場で栽培している無尽増強草のことじゃろう。煎じて飲めば身体の奥から活気が湧いてくる」

「本当ですか⁉」

老師の手を取るアリス。

「うむ。しかし無尽増強草は我が道場の修行者のみに授ける決まり。そこでお主らも我が道場に入門すれば、この草をわけてやろう」

「ちょ、ちょっと聞き捨てなりません。わたくしたちまで修行を⁉」

堪《たま》らず叫んだのはシスベルだ。

「こんな寒くて空気の薄い山奥、しかも男ばかりの道場で女二人きりだなんて……」

「うろたえるな小娘よ」

「誰が小娘ですか⁉……そ、それは早熟なお姉さまと比べたら色々と物足りない感はありますが……わたくしだって多少はありますわ！」

「無尽増強草を食せば、その溢《あふ》れんばかりの栄養であっという間に肉体のあちこちが成長する」

「え？」

「小娘よ、姉を超える身体になりたくはないか？」

「っっ！」

そう言われた瞬間。

シスベルの決意は百八十度ひっくり返っていた。

「入門しますわ！　偉大なる老師！」

かくして。

偉大なるダイクンフー老師のもと、アリスとシスベルの修行が始まった。


スペシャル老師コース。

老師直々の指導による修行を始めるにあたり、アリスとシスベルも白の道着姿へ。

「老師、わたし着替えてきました！」

帯を締めてアリスは道場に戻ってきた。

「さっそく修行を！」

「ほっほっほ。血気盛んなのは良しじゃ。だがその意気がどれだけ続くかの。ワシの稽古は厳しいぞ？」

「わたし強くなりたいんです！」

「趣旨が変わってますわお姉さま⁉」

そんな妹のツッコミをよそに——

「良かろう！」

老師が上機嫌そうに頷《うなず》いた。

「ここは神聖な霊山じゃ。お主ら下界より登山してきた者は、修行の始まりとして、まず下界の穢《けが》れをとる禊《みそぎ》から始めてもらおうかの」

「……禊？」

シスベルがきょとんと瞬き。

「禊って何ですかお姉さま？」

「さあ？　わたしも聞き覚えがないわ」

アリスもシスベルも王女である。

城で育った二人にとって、道場の修行は何もかもが珍しい。

「老師、禊とは何でしょう？」

「水に浸《つ》かって身を清めることじゃ」

「シャワーですか？」

「滝じゃ」

老師の返事は簡潔だった。

「道場の裏に大きな滝がある。霊峰の雪解け水で、修行にはもってこいじゃ」

「滝ぃ⁉」

シスベルが目をみひらいた。

「冗談ではありませんわ⁉　そんな冷たい水に打たれたら死んじゃいます！　そうですよねお姉さま！」

「……そ、そうね」

さすがのアリスもこれには同感だ。

目的は、あくまで燐を助けるために無尽増強草を手に入れること。道場の修行はいわばそのための手段でしかない。

「わたしも……そこまで本格的な修行はちょっと……」

「恐れるな！」

老師の喝。

「娘《アリス》よ、お主には素養がある。このダイクンフーの修行を乗り越え、いざ世界一の女格闘家を目指すがいい！」

「世界一ですって⁉」

アリスの胸がドキッと高鳴った。

世界一。

一国の王女であっても食いついてしまう甘美な単語《フレーズ》である。ちなみにアリスが脳裏に浮かべたのは、またも帝国剣士イスカの顔だった。

「世界一の女格闘家……そうなれば、さすがのイスカもわたしを認めてくれるはず……わかりました！」

老師の手を取る。

「不肖アリス、お世話になります！」

「良かろう！」

アリスと老師は、固い握手で師弟の誓いを結んだのだった。

「え？　お姉さま武術家になる必要ないですよね。燐を助ける目的は？」

シスベルの呟きは、修行に燃える二人には届かなかった。

大瀑布《ばくふ》──

そびえたつ崖から、氷雪まじりの水が凄《すさ》まじい水量で落ちてくる。

「……懐《なつ》かしい」

ふと老師が、過去を懐かしむように目を細めた。

「この滝を見ると、かつて道場を訪れた小娘を思いだす」

「老師？　誰のことですか？」

「……過去のことじゃ」

アリスが訊《たず》ねるも、老師は首を横に振っただけ。

「我が道場から羽ばたいていった小娘とだけ言っておこう。だがお主らもそれに匹敵する才がある。我が指導のもと天下無双を目指すがいい！」

「わかりました！」

「わたくしはそこまでする気はないのですが……」

アリスとシスベルは大瀑布の麓へ。

そこにはなんと、上半身裸で滝に打たれ続ける弟子たちが。

「これは……本当に冷たそうね」

「お姉さま、滝壺《たきつぼ》を見てください。流氷のようにあちこち氷が浮かんでますわ……！」

タオルを羽織ったシスベルが、滝の飛沫《しぶき》に恐る恐る指先で触れて。

その瞬間に跳び上がった。

「冷た――――――っ⁉」

指先が触れただけでシスベルの唇は早くも真っ青だ。

「冷たいというか、もはや痛いとしか言えませんわ！　老師……こんな滝に打たれたら死んでしまいますわ⁉」

「迷うな小娘《シスベル》よ！」

再び老師の喝。

そんな老師が指さしたのは、同じく滝に打たれている弟子たちだ。

「見よ弟子たちを。この極寒の滝行でも震え一つない。なぜか。それは煩悩《ぼんのう》を捨て去っておるからじゃ！」

「……煩悩を？」

「そうじゃ。この極寒の禊で迷いと誘惑を洗い流すのじゃ！」

武とは心。

滝に打たれて大自然と一体化し、心の迷いや煩悩を捨て去ることができる――というのが老師が達した真理らしい。

「よくわかりませんが……」

「まずは滝に飛びこむがいい。すべて己の肉体で理解するであろう」

「……ああもうっ。わかりましたわ！　ここまで来たのなら！」

意を決し、シスベルは羽織っていたタオルを脱ぎすてた。

あらわになる白い肌。

とはいえ一糸まとわぬという訳ではない。道場で女性用の白水着を借りてある。

……ぽちゃん。

滝の水飛沫が頭に落ちてきた途端、突き刺すような冷たさにシスベルは心の底から悲鳴を上げていた。

「冷たぁぁぁぁぁぁっっ⁉」

なにせ雪解け水だ。

一滴だけでも骨身に染《し》みこむ冷たさ。

「こんな冷たい水を全身で浴びたら風邪をひいてしまいますわ⁉」

「寒そうね……」

「アリスお姉さま！　滝の外で見てるだけなんてずるいですわ！」

「……わ、わかってるわよ！」

アリスがはらりとタオルを脱ぐ。

その途端――

今にもはちきれんばかりの、アリスの豊満な肉体があらわになった。

胸の膨らみは大人びた黒の水着からこぼれ落ちそうな迫力で、腰から大きく突き出たお尻も実に艶《なま》めかしい。

そんな豊かな肢体を前にして――

「うっ⁉」

「ぐはぁっっっ……！」

滝に打たれていた弟子たちが次々と苦悶《くもん》の声を上げだした。

ある者は胸を押さえ、ある者は呼吸を乱し、次々と足を滑らせて滝壺に落下していく。

「お弟子さんたちが⁉　老師いったい何があったんです！」

「むぅ……」

険しい顔の老師が、弟子と水着姿のアリスを交互に見比べて。

「日頃より女人と無縁の修行生活をしていたがゆえ、その罪深い肉体はちと刺激が強すぎたようじゃな」

「わたしのせいなの⁉」

「待ちなさい老師！　わたくしとの反応の差は何ですか⁉」

白水着姿のシスベルが、自らの胸に手をあてた。

「聞き捨てなりませんわ老師！　お姉さまの水着に反応するならわたくしの水着を見ても卒倒すべきでしょう！」

「……むぅ」

「老師！」

「やはり姉より優れた妹などおらぬか」

「ここにいますが⁉」

「大に勝る小などおらぬ……」

「わたくしのどの部位が小だと⁉」

怒りに燃えるシスベルが、眼下を指さした。

滝壺に落ちていった弟子を指さして。

「だいたいこの者たちもだらしない。お姉さまの水着くらいで興奮して倒れるだなんて、修行が足りないのではありませんか？」

「……そうねぇ」

これにはアリスも同感だ。

「女性の水着を見て倒れるなんて……ちょっと頼りないかも」

アリスとシスベルのひそひそ話。

まずい。

これは武術の沽券《こけん》に関わる。そう感じとった老師の決断は早かった。

「ならば！　このダイクンフー自らが滝行の手本を見せてやろう！」

上半身の道着を脱ぎ捨てて、なんと老師自らが滝に飛びこんだのだ。

「おおっ⁉」

「偉大なる老師自らが滝行へ！」

これには弟子も大はしゃぎである。

「娘たち、ワシについてこい！」

こうしてアリス、シスベル、老師が三人並んで滝行へ。

「冷たいですわ――――っ⁉」

「あら？　案外いけるじゃない」

悲鳴を上げるシスベル。

その隣で、アリスはなんとも優雅に滝に打たれていた。

アリスは氷の星霊使い。ゆえに日頃から冷気になれているのだ。雪解け水どころか、大気さえ凍《い》てつかせる極寒の冷気にも耐性がある。

「……うう、納得いきませんわ。なぜアリスお姉さまがへっちゃらで、わたくしがこんなに苦しんでるのか……」

「シスベル、脂肪があると寒さに強いらしいわよ」

「わたくしのどこの脂肪が足りないと言いたいのですか――――っ⁉」

およそ三十分後。

雪解け水を頭から浴び続け、シスベルが弱々しく滝から這《は》い上《あ》がってきた。

「……お、終わった……し、しぬ……しぬかと思いました……」

「……わ、わたしもさすがに限界」

アリスも唇が紫色だ。

最初こそ我慢できたが、やはり冷たい水を浴び続ければ寒いものは寒い。身体《からだ》が冷えて震えが止まらない。

「途中で意識が朦朧《もうろう》として、あやうく滝壺に落ちかけたわ」

「お姉さまもですか。……しかし老師は流石《さすが》ですわ。お姉さまの隣で難なく滝行をこなすだなんて」

「わたしの隣にはいなかったわよ」

「へ？」

シスベルが目をぱちくりと。

「わたくしの隣にもいなかったですが」

「あら？　おかしいわね」

老師の姿が見えない。

その事実に気づいたアリスが滝のまわりを見回して——

「老師⁉」

滝壺の水面。

そこに浮かんでピクリとも動かない老人の姿に、全員が青ざめた。

「老師————っ⁉」

弟子たちが滝壺に飛びこみ、大急ぎで陸に引き上げる。

「…………はっ⁉」

老師は、意外にも早く目を覚ました。

「……ワシは？」

「滝壺に落ちてましたわ」

シスベルが即答。

「まさかとは思いますが、老師？　わたくしやお姉さまも耐えられた滝行に耐えきれず、目を回してしまったのですか？」

「………………」

沈黙。

とても気まずい空気。

と思いきや、真っ先に立ち上がったのは老師本人だった。

「……これじゃ！　弟子たちよ、ワシはまた武の神秘に近づいた！」

「老師⁉」

「ワシは気を失ったのではない。滝と心を一体化することで我が身を流氷と化す。新たな奥義《おうぎ》『落水氷岩拳《らくすいひょうがんけん》』の完成である！」

「うぉぉぉぉぉぉっ！」

「まさか、滝壺《たきつぼ》に落ちることで奥義を完成させていたなんて！」

「老師さすがです！」

感激の声をあげる弟子とアリス。

その後ろで。

「絶対、気絶してたくせに⁉」

シスベルのもう何度目かの突っ込みは、滝の音に消されたのだった。

滝で身を清めた後は、ついに本番。

実践稽古である。

「古くより、『風林火陰山雷』すなわち『疾《はや》きこと風の如《ごと》く、徐《しず》かなること林の如く～』

という言葉がある」

山深くの竹林。

弟子たちとアリス、シスベルの前で老師が振り向いた。

「古《いにしえ》より、武道家は大自然から武を学んできた。ダイクンフー流古武術でいうところの超然皆伝拳《ちょうぜんかいでんけん》。今日はそれを授けよう」

「はい老師！」

力強く頷《うなず》くアリス。

「さっそく何をすれば良いのですか」

「うむ。竹に向かって拳を繰りだす。大自然すなわち竹と拳を交わすことで自然の力強さを感じるのじゃ」

「……意味あるのですか？」

「こらシスベル！」

ぼそりと呟《つぶや》く妹を叱るアリス。

「老師の教えは絶対よ」

「いいえお姉さま、わたくし非科学的行為には根拠を求めますわ！」

シスベルが老師を指さして。

「老師！　先ほどの滝行もそうですが、正直、わたくし老師の力をまだ信じきれておりません！　老師の実力は果たして本物ですか！」

「ほっほっほ。血気盛んじゃの」

挑発的なシスベルの問いを、老師は軽々と笑い飛ばしてみせた。

「小娘のような若者など過去何百人と見てきたが――」

「御託は結構ですわ。この竹にパンチする修行がどれほどの成果をもたらすのか見せてください」

「よかろう！」

老師が吼《ほ》え、帯を締め直した。

「これぞ我が修行の成果である。……ほわちゃあ！」

竹に向かってキック。

ぺちょん、と。シスベル視点ではどう見ても痩せたお爺《じい》ちゃんの弱々しいキックにしか見えなかったが。

直後。

老師の蹴りで竹がしなり、ぼとん、と黒い塊が落ちてきた。

「む？」

「あら？」

ブンブン……と羽音。

と思いきや、黄色い羽虫が何十匹と飛びだしてきた。

「蜂の巣ですわぁぁぁっっ⁉」

まずい。竹にあった蜂の巣が、老師の蹴りで落ちてきたのだ。

巣を落とされた蜂は当然怒り狂うはず。

「に、逃げないと！……あら？」

シスベルがきょとんと瞬《まばた》き。

蜂の狙いは自分たちではなかった。

たまたま巣の前にあった茂み。何百匹という蜂がその茂みに突撃し、そこから間もなく、
凄《すさ》まじい勢いで蛇が飛びだしたではないか。

「蛇⁉」

「あの茂みに隠れていたのね！」

蜂の怒りの矛先は、蛇。

巣を落としたのは人間ではなく蛇だと勘違いしたのだろう。が——

「あの毒蛇は⁉」

弟子たちがざわめいた。

「間違いない！　奴《やつ》だ！」

「この山の生命をことごとく狩りつくしていく毒蛇ドラゴンコブラ！　一咬《か》みで熊をも葬《ほうむ》る猛毒の蛇だ！」

「ええっ⁉」

「そんな危険な蛇ですか⁉」

アリスとシスベルも仰天だ。

何も知らず茂みに近づいていれば、自分たちも咬まれていたかもしれない。

「老師が撃退されたのだ！」

「ああ……老師は最初からわかっていたんだ。あの茂みに毒蛇が潜んでいたことも！」

感動に浸る弟子たち。

そんななか、今まで黙っていた老師がついに吼えた。

「――これじゃ！」

逃げていく大蛇。

それを追う蜂を見つめて。

「武とは心。我が燃える心に大自然が応えたのじゃ。これぞ『千蟲心響脚《せんちゅうしんきょうきゃく》』！　新たな奥義の完成である！」

「うおぉぉおおおおおっっっ！」

「老師！　老師！」

「さすがですわ老師！」

圧倒的老師コール。

アリスと弟子たちの拍手が、竹林に響きわたる。

「納得いきませんわ⁉」

シスベルの再三の突っ込みは、あいにく拍手の音に消されたのだった。


翌朝。

燐の容態は一刻を争う――

修行二日目にして、アリスとシスベルは早くも最終試練に臨んでいた。

「最終試練、それは我が弟子との実戦試合である！」

ダイクンフー老師の力強い声が道場に響きわたった。

「弟子たちは一切攻撃せず受けに徹する。娘たちよ、この鉄壁の守りを見事崩してみせよ！　お主らの熱き情熱が本物ならば乗り越えられよう！」

合格すれば見事卒業。

その褒美《ほうび》として伝説の薬草キットキキ草（無尽増強草）が手に入るというわけだ。

ここが気合いの見せどころ――

「上等ですわ！」

帯を締め、頭にもハチマキを巻いてシスベルが立ち上がった。

「昨日の修行の成果、存分に見せてさしあげます」

「ではゆけぃ我が弟子コンゴウよ！」

「押忍《おす》ッ！」

頭を丸めた大男が立ち上がった。

筋骨隆々。道着の襟元で、銃弾も受けとめてしまいそうなぶ厚い胸元が見えている。

「くっ……これは強敵の予感！　ですがわたくしとて修行を終えた身。そうたやすく怖《お》じ気《け》づきませんわ！」

シスベルが動いた。

直立不動の弟子めがけて――

「はぁっ！」

ぺしっ。

シスベルの渾身《こんしん》の跳び蹴りが、そのぶ厚い胸元に跳ね返された。

「はぁっ！　たぁっ！」

続いて拳、キック。だが強靱《きょうじん》な筋肉に受けとめられる。まるでタンポポの綿毛が触れたくらいにしか効いていない。

「こ、これは手強《てごわ》い⁉」

「加勢するわシスベル！」

そこにアリスも乱入だ。

二対一。姉妹らしい息の合った連携で次々とパンチとキックを連打。

だが。

「――――セイッ！」

「きゃっ⁉」

「くぅっ⁉」

弟子コンゴウの大声に圧《お》されて、アリスとシスベルは軽々と床に吹き飛ばされた。

「……っ、通じてない⁉」

「わたしたちの連携が⁉」

だめだ。

全力をこめた二人の拳も、鋼の肉体には通じない。

「……くっ！　まだわたしは諦めない。燐を助けるためだもの！」

弟子コンゴウに組みつくアリス。

不動の構えをどうにか崩そうと投げ技を試みるも、あいにく体重が倍近く違う巨漢には通じない。

ならばどうする？

「……っ。ごめんなさい。わたしは、手段を選んでられないの！」

アリスは氷の星霊使いだ。誰にも見つからないほど小さな氷の破片を召喚。それをこっそりと弟子の足下へと滑り込ませて――

「たぁっ！」

「……むぅっ⁉」

弟子が姿勢を崩した。

足下の氷を踏んづけて滑った隙に、アリスが全体重をかけて突撃したのだ。

そのまま二人で倒れこみ――

「今よ！」

アリスが弟子の上に覆《おお》い被《かぶ》さり、そのまま全力で押さえこむ。

「押さえこんだわ！」

「……ぐ、ぐうぅっ⁉」

弟子が引《ひ》き攣《つ》った。

本来の体格差を考えれば、アリスの寝技など一息で跳ね返せるだろう。

そのはずが――

「これは……⁉」

老師が目をみひらいた。

屈強な弟子が、アリスに完膚なきまでに押さえこまれていたのだ。

上から覆い被さったアリスの豊かな胸が、弟子の顔をうずめて覆い隠している。

迂闊《うかつ》に動けない。

アリスをはね飛ばそうとすれば、あの豊かな胸に触れてしまう。ゆえに弟子も困惑して硬直してしまっているのだ。

「あの娘、大いなる慈愛で敵を鎮《しず》めよった！　なんと壮大な愛……弟子コンゴウが戦意を失っておる！」

「ただ胸で押さえつけているだけではないですか⁉」

シスベルが怒濤《どとう》の突っ込み。

「揃《そろ》いも揃って感心しすぎですわ、あんなのただの色仕掛《いろじか》け――」

「凡人にできる技ではない！」

「わたくしが胸の小さな凡人だと⁉」

「武とは心。そして心とは愛！」

老師が扇子を取りだした。

天晴《あっぱ》れ――と、そう書かれた扇子を満足げに広げて。

「ダイクンフー古武術奥義《おうぎ》『大母抱擁舞《たいぼほうようぶ》』、よくぞ習得した。見事合格じゃ！」

「納得いきませんわ⁉」

かくして。

一人不満げなシスベルはさておき、アリスは免許皆伝の黒帯とキットキキ草（無尽増強草）を手に入れたのだった。

そして再び王宮へ。

遠き帰還の道のりを経て、アリスは息を切らして燐の部屋へと駆けこんだ。

「燐、薬草を手に入れてきたわ！」

「……はい？」

　そこにいたのは、元気に部屋の掃除をしている燐。

「ああ、あの仮病……もとい病気ならもう治りましたよ」

「治ったの⁉」

「はい、ご覧の通りです」

　ちなみに――

　アリスが城の外へ飛びだしてすぐ、仮病だった燐はベッドから起きて仕事をしていたのだが、もちろんアリスはそれを知る由《よし》もない。

「元はといえば、いいですかアリス様」

　燐がこほんと咳払《せきばら》い。

「アリス様が王女として模範的行動をしてくださるなら、私もあんな病気にならなくて済むのです。これからはよりいっそう王女らしく――」

「好都合ね！」

「……へ？」

　燐がきょとんと瞬《まばた》き。

　その手を摑《つか》んで、アリスは力いっぱい宣言した。

「燐、わたしと修行しましょう！」

「……修行とは？」

「二度と病気にならない丈夫な身体《からだ》をめざして霊山で鍛えるの。大丈夫、燐、あなたならきっと老師も認めてくださるわ！」

「老師って誰です⁉」

「今なら『短期集中特別コース』に『老師直伝特典』が格安よ。なんと老師のサイン色紙もプレゼント！」

「だから何なんですってばぁぁぁぁぁっっっっ⁉」

逆効果だった。

武道に目覚めたアリスを、燐はその後一週間かけて引き留めたのだった。

数日後。

ネビュリス皇庁から遠き大国『帝国』で——

「イスカ君、大変だよ！　敵のネビュリス皇庁に動きあり！」

廊下を歩くイスカを見つけて、ミスミス隊長が息を切らして走ってきた。

「皇庁で怪しい武術が流行《はや》ってるんだって。正体不明の古武術が！」

「……古武術ですか？」

「そう。強力な星霊術に加え、帝国軍に対抗するため正体不明の武術まで習得しつつある。これは一大事だよ！」

「古武術って……今どきそんな怪しい戦闘訓練をするのかなぁ……」

「するんだよイスカ君！」

そんなイスカの疑問は、ミスミス隊長の断言に吹き飛ばされた。

「アタシにはわかるよ。これはネビュリス皇庁の陰謀……これに対策を打てなかったら帝国はお終《しま》いだよ！」

「そんな大げさな。だって噂《うわさ》も噂なんですよね？」

「こうしちゃいられないよ！」

イスカの声など聞こえていない。

ミスミス隊長の脳裏には、強大なネビュリス皇庁がありありと浮かんでいたからだ。

「目には目を、歯には歯を。アタシも古武術の修行に行く！」

「なに言ってるんですか⁉」

盛大な勘違い。

山籠《やまご》もりに向かうミスミス隊長を、イスカは全力で止めたのだった。

File.03

キミと僕の最後の戦場、あるいは匿名希望の相談BOX

the War ends the world / raises the world Secret File

CONFIDENTIAL

初出：ドラゴンマガジン2021年7月号

1

世界最大の軍事国家『帝国』。

この国でもっとも厳格な警備体制が敷かれているのが、帝都にそびえる天守府。

すなわち天帝の住まうビルである。

その最奥《さいおう》で。

『ふぁぁぁ……』

大あくび。

なんとも可愛《かわい》らしい声が、半透明のカーテンの向こう側から聞こえてきた。

『暇だねぇ。あまりに暇でとろけてしまいそうだよ』

天帝ユンメルンゲン。

帝国の最高権力者のシルエットが、カーテンごしに微《かす》かに揺れた。

大きな耳と尻尾。

およそヒトならざる獣の姿がうっすらと透ける。

『退屈は神々も殺すと言ったのは誰だっけ？　なあ璃洒《リシャ》。メルンは今まさにそんな気分だ。暇すぎて苦痛だよ』

「良《い》いことですよ陛下」

キッパリとそう答えて、璃洒は顔を上げた。

璃洒・イン・エンパイア。

黒縁メガネをかけた怜悧《れいり》な顔立ちの女性だ。天帝参謀という要職ではあるが、その主な任務はこうした天帝の雑談相手である。

「ここ一週間ほど世界は平和です。ネビュリス皇庁にも大きな動きがありません。もちろん我が軍との小競《こぜ》り合《あ》いが勃発している地はありますが」

世界二大国の戦争――

機械仕掛《じか》けの理想郷たる帝国と、魔女の楽園たるネビュリス皇庁。この二国は百年以上も戦いを続けており、いまだ決着がついていない。

とはいえだ。

ここしばらくは睨《にら》み合いが続くだけで、大規模な戦争には発展していない。

『平和であることは構わない。メルンだって血なまぐさい話を聞きたいわけじゃない。ただしメルンの暇をどう解消するかは喫緊の課題で、そのための天帝参謀のお前だよ』

「なら雑談でもします？」

『平和以外の話題がないだろう』

「ならゲームは？」

『嫌だよ。お前負けそうになると「あ、残念ですが会議の時間です！」って逃げるじゃないか』

「ならお昼寝」

『ついさっき八十九時間の昼寝を終えたばかりだよ。そもそも昼寝に飽きたから暇になってしまったわけで』

カーテンの向こうから溜息《ためいき》。

と思いきや。

『あ、そうだ』

天帝の声に活気が生まれた。

『よし璃洒。アレをやろう』

「……アレとは？」

きょとんと首を傾《かし》げる璃洒。

天帝が気まぐれに何かを提案するのは日常茶飯事だが、なにぶん突発的すぎて天帝参謀といえど予想が難しい。

「陛下、今回はどんな思いつきです？」

『十年前にやったあのイベントだよ。アレをまたやろう』

「───っっっ⁉」

そう聞いた瞬間。

璃洒の顔が真っ青に染まった。

「まさかアレですか⁉　お待ちを陛下、あんなどうしようもないイベントを再び実行されると⁉」

『天帝に二言はない』

カーテンの向こうで頷《うなず》く天帝。

『任せたよ璃洒、メルンがもう一眠りしてる間に』

「って結局寝るんですかい⁉　ちょっと陛下ってば！」

璃洒が悲鳴を上げる間に──

カーテンの向こう側からは、早くも可愛らしい寝息が聞こえてきた。

2

数日後。

帝国軍の基地の一角で。

「はぁっ、はぁ……大変だよみんな！　これは事件だよ！」

第九〇七部隊の隊長ミスミスが、見慣れぬポスターを抱えて会議室に走りこんできた。

「大ニュースだよ！」

「隊長《ボス》が『大変だ』で始める話は、どうせ大したことじゃねえ」

真っ先に反応したのは、部屋の隅に座っていた銀髪の狙撃手ジンである。

「……で。一応聞くが、何だ？」

「これは本当に凄《すご》いんだよ！　十年前に行われた伝説のイベントが復活するの！」

よくぞ聞いてくれました。

そう言わんばかりに、ミスミス隊長がポスターを広げてみせた。

「その名も『天帝ＢＯＸ』！　十年前に大盛況だったイベントが復活するんだよ！」

「……は？　何だそれ」

「あれジン君知らない？　じゃあイスカ君は知ってるよね」

「僕も知らないです」

ジンと顔を見合わせて、イスカは首を横に振ってみせた。

はて、天帝ＢＯＸ？

イスカは帝都生まれの帝都育ちだが、なにぶん十年前のイベントとなれば自分がまだ幼い頃だ。

遠い遠い記憶の彼方《かなた》である。

「十年前って、僕やジンもまだ年齢一桁ですし、言われてみれば聞いたような記憶がある
くらいで……」

「ハッキリ覚えてるアタシがそれくらい年上だってこと!?」

「い、いえそんなことは……」

「二十二歳のお姉さんは年上すぎて話が合わないって言いたいんだねイスカ君！　これが
世代格差だと！」

「誤解ですってば!?」

早口言葉になっていくミスミス隊長をなんとか制止。

「と、とにかく隊長……このポスターがイベント告知なんですね？」

「うん、さっき基地の入り口で見かけたの。たぶん駅とか街中とかにも貼ってあるよ」

ド派手な色で描かれた告知ポスター。

天帝ＢＯＸ開設決定！

天帝ＢＯＸとは——天帝陛下自ら、国民の質問や悩み相談に直接答えて、さらに国民か

らの要望《リクエスト》も叶《かな》えてくれる一大イベントです！

と。

イスカが見上げたポスターには書かれてあった。

「……国民からの質問って何です？」

「ほら天帝陛下って普段は全然顔を出さないし、馴染《なじ》みがないじゃない。だから『陛下っていつも何してるんですか？』とか『好きな食べ物は何ですか？』みたいな質問を募集するの。それに陛下が答えてくれて親近感アップ！ってこと」

「……あー、納得。たしかに謎めいた人ですしね」

イスカは過去一度だけ面会を許されたことがある。

だがその時も天帝はカーテンの向こう側で、顔と顔を合わせるようなこともなかった。

要するに謎だらけなのだ。

そんな大人物の人柄や素性が、この天帝ＢＯＸを通じて知ることができるという企画である。

「隊長、こっちの『国民からの要望《リクエスト》』っていうのは？」

「コッチも凄いよ！　たとえば十年前の天帝ＢＯＸだと、『祝日を増やしてほしい』って要望が叶って祝日が増えたの。あと『遊園地を作ってください』が実現して、帝都の端っこに遊園地ができたり」

「あの遊園地が建設されたのって、これが理由だったんですか!?」

遊園地はイスカも覚えがある。

子供の頃、なぜか突然に帝都の外れに遊園地ができたのだ。

「……ってことは一大イベントじゃないですか！」

「だからそう言ったじゃない。伝説の企画として十年前も大好評だったんだよ。それが復活するの！」

ミスミス隊長が目を輝かせた。

「帝国民には一人一枚の投票用紙が配られるの。そこに何を書いても良し！　どんな悩みも質問も要望も、天帝陛下が解決してくれるんだから！」

「……へえ。確かに面白いですね」

願いを叶えてもらったら国民は当然嬉《うれ》しい。

願いを叶えた天帝も国民からの支持が増すだろう。

両者ともに利点《メリット》がある。

「きっとすごい数の票が集まりますよね。質問や要望って陛下が選ぶのかな？」

「ううん抽選。十年前のは陛下が一枚一枚抽選で引いてたはずだよ。ＢＯＸには何十万通って応募があるだろうから競争率も高いけど……そのぶん当たった時は嬉しいだろうなぁって」

ふぅ、といかにも興奮した熱っぽい吐息のミスミス隊長。

「面白いイベントだから毎年やってほしいけど、これすごく手間と予算がかかるんだって。なにせ遊園地を作ったり祝日を増やしたりって、色んな部署に働きかけなくちゃいけないでしょ？」

だから十年に一度。

ミスミス隊長がここまで張りきるのも納得の大イベントだ。

「帝国兵《ぼくら》も参加できるんですか？」

「もちろん！」

ミスミス隊長が頷いて。

「一人一枚、投票用紙が配られるはず。だからイスカ君もジン君も頼んだよ」

「……頼んだとは？」

「みんなで投票用紙に書くの。『かわいいかわいいミスミス隊長のお給料を三倍にしてください』って」

「大丈夫！　アタシも書くから。音々《ネネ》ちゃんにもお願いするし。当選確率はこれで四倍！　アタシのお給料が三倍になったらイスカ君も嬉しい！」

「全然嬉しくないですが⁉」

「このボールペンを貸してあげる！」

「気が早すぎですってば⁉」

早くもボールペンを押しつけてくるミスミス隊長。

まだ投票用紙も届いていないのに、この気合いの入れようである。

「陛下へのリクエストにしろ、もっと良《い》いのがありそうだけどなぁ……」

「まったくだ。アホくせぇ」

ぼそりと呟《つぶや》くジン。

「一人一枚ってことは要望も一人一つまで。そんな大事な紙を使って隊長《ボス》のくだらねぇ要望が書けるかよ。給料が欲しいなら働けばいいだけの話じゃねえか。そもそも——」

と。

正論極まりないジンの説教途中で、会議室の扉が開いた。

「ただいま戻りましたぁ！」

「書きませんよ⁉」

入ってきたのは鮮やかな赤毛の少女・音々だ。

昼休憩から戻ってきたところだが、イスカたちが注目したのは、音々が両手に握りしめている見慣れない白紙である。

「イスカ兄！　天帝ＢＯＸって知ってる？」

「その話をしてたところ。あれ音々？　もしかして両手に持ってるのは……」

「うん！　投票用紙、みんなの分をもらってきたよ！」

四人分。

イスカとジンと音々、そしてミスミス隊長の分である。

「音々ちゃん待ってたよーっ！」

そんな音々へと振り返り、ミスミス隊長が歓喜の声を上げた。

「さあ投票用紙に書いてちょうだい。『かわいいかわいいミスミス隊長のお給料を三倍にしてください』って。イスカ君とジン君も協力してくれるから！」

協力しません。

協力しねぇよ。

そんなイスカとジンの呟きをよそに、音々が驚きで目を丸くした。

「えぇ!?　この天帝ＢＯＸってそんなお願いもできちゃうの!?」

「そうだよ音々ちゃん！」

「じゃあ音々、音々のお給料を三百倍にしてもらって……ううん、帝国から近い無人島を一つもらって音々専用の秘密基地を作る！」

「そんな無茶な⁉」

思わず叫ぶイスカ。

ミスミス隊長の要望も大概だが、音々はその上を行っていた。

「いくら天帝ＢＯＸだからって、そんな好き放題ができるわけが──」

「話は聞かせてもらったわ！」

バタンッ、と。

鍵がかかっていたはずの扉が勢いよく開かれた。

「おはよう第九〇七部隊の諸君！　天帝ＢＯＸのすべてを、天帝参謀であるウチが教えてあげようじゃない！」

「……あれ璃洒さん？」

突然現れた天帝参謀に、イスカはきょとんと首を傾《かし》げた。

なぜ自分たちの会議室に現れたのか。

「ふっふっふ。みんなが話してる声が聞こえたのよ」

「この部屋、完全密閉で防音完璧なはずですが……でも璃洒さんが来てくれたのは助かります。ちょうど僕ら聞きたいことがあって」

「ほう？　なんだいイスカっち」

「ミスミス隊長と音々が、天帝ＢＯＸにとんでもないお願いを書こうとしてて……」

「具体的には？」

「ミスミス隊長は『給料三倍』で、音々は『無人島をちょうだい』です」

「アリだね」

「アリなんだ⁉」

「だって天帝陛下だよ」

当然とばかりに璃洒が腕組み。

「イスカっちもよく知ってるでしょ。世界で最も大きな国の一番偉い人よ。それすなわち世界最高の権力者。何でもできるわ」

「……それは承知してますが」

「わーかってるってイスカっち。陛下にお願いするにしたって、何事も程々にしとくべきって事でしょ。でも構わないわ。どうせ似た要望が帝国中から何万通って届くからね。みんな似たような事を考えるのよ」

織り込み済みらしい。

ミスミス隊長や音々が別の要望にしたとしても、広大な帝国には似たような要望を出す者がいくらでもいる。

「あー。一つ訂正。似たっていうのは適切じゃなかったよイスカっち」

「というと？」

「もっと酷《ひど》いのよ。たとえば『帝国中の美少女が全員全裸で生活しなければならない法律を作ってください』とか最低一万通は届くわね」

「あんまりだ⁉」

この広大な帝国には、そんな変態が最低でも一万人はいるらしい。

「弱ったことに、この天帝ＢＯＸって陛下の気まぐれなのよね。これがどういう危険を秘めているかわかるかしらイスカっち」

「……どういうことです？」

「もしもこの要望が抽選で当たれば、その法律は確実に実現するわ」

「嘘《うそ》でしょ⁉」

美少女限定で全裸で生活しなければならない法律。そんなものが実現すれば世も終わりだ。世界中から帝国が冷たい目線に晒《さら》されるだろう。

「だ、だけど天帝陛下なら常識というものが……」

「逆よ！　陛下だからこそやりかねないわ。だって暇を持て余してるし！　実現困難なものほど嬉々《きき》としてやるのよ！」

「それを止めるのが天帝参謀の仕事じゃないですか⁉」

「無理ね」

璃洒は即答だった。

「暇を持て余した陛下は、退屈しのぎの為《ため》なら何だってやるの！　後先考えない面白半分で！　それも予算とか期日とかそういうの考えず！」

「そんな人が国の頂点でホントに大丈夫ですか⁉」

「だから先んじてふるい落としが必要なのよ……」

璃洒がくるりと振り返った。

音々が持っている投票用紙四枚を指さして。

「これは裏話だけど、実は陛下がＢＯＸを開封する前に、こっそり投票用紙の選別をしてるのよ。天帝ＢＯＸには何百万通ってお便りが来るけど、いまみたいな無茶な要望だったり、心底どうでもいい質問や悩み相談も多いのよね」

「……たとえば？」

『夫のいびきが煩《うるさ》いので何とかしてください』とか『うちの飼い猫が逃げだしました。知りませんか？』とか」

「想像の十倍どうでもいい質問だ⁉」

「来るのよ！　こういうのが！」

璃洒がバシッと机を叩《たた》いて。

「だから、そういうのは予《あらかじ》め外しておくわけよ。でも機械じゃできないからひたすら人力作業。そこで帝国軍から人手を集めてるってわけ」

その瞬間——

会議室の空気が変わった。

ほのぼのとしていた空気が一変し、張りつめるように冷たくなって。

「……………」

「……………」

「……………」

「……………」

「あらどうしたの第九〇七部隊のみんな？　一斉に黙っちゃって」

あくまで柔《にこ》やかな璃洒の笑顔。

だが四人は知っている。璃洒がこの笑みを見せた時は危険だと。

「ところでミスミス、来週って暇かしら」

「え?」

顔を上げるミスミス隊長。

今の話を聞いてなかったかのようにきょとんとした面持ちで。

「あ、ごめん璃洒ちゃん、ちょっと他に考え事してて聞いてなくて」

そう言いながら。ミスミス隊長は散らばっていたペンを片付け、テーブルにあった紙の資料を手早くバインダーに挟んでいた。

高速の撤収作業である。

「よし!」

その勢いで、ミスミス隊長が速やかに身を翻《ひるがえ》した。

「天帝BOXの人集め頑張ってね璃洒ちゃん。アタシたちは次の訓練が――」

「おっと手が滑ったわ」

璃洒がリモコンを押した途端、会議室の扉が施錠《せじょう》された。

今まさに部屋を出ようとしたミスミスの目の前で。

「閉じこめられた⁉」

「あぁらミスミス、どこ行こうとしてるのかしら？」

　ふらりと立ち上がる璃洒。

　黒縁メガネを怪しく輝かせながら、部屋の隅へとミスミスをじわじわ追い詰めていく。

「ちょっくら頼みがあるのよね。聞いてくれる？」

「聞かない聞かない聞かないよ⁉　そんな面倒な頼みごと聞かないからね！」

「天帝ＢＯＸのふるい落とし作業員が必要なのよ。アタシ、あと四人くらい」

「だから聞かないってば――――っ⁉」

「おっと偶然。この会議室に頼れる仲間が四人もいるわ。ウチのために集まってくれたのね！」

「璃洒ちゃんから来たくせに⁉」

「ミスミス」

「うっ⁉」

　追い詰められた。

　部屋の壁に背中をつけたミスミスを、真顔で見下ろす璃洒。

「ウチら友達だもんねぇ？」

「……う、うぅっ！」

「お・ね・が・い・ね？」

しばしの沈黙。

イスカたちが見守るなか、一分ほどの我慢を経て。

「…………………はぁい……」

ミスミス隊長は諦めたのだった。

3

かくして天帝ＢＯＸの応募開始。

その反響はすさまじく、帝国全土に設置されたＢＯＸに帝国民から次々と用紙が投じられていく。毎日、何万通ものお便りである。

それが帝都に運ばれてきて――

「開けるわよ！」

ざぁぁぁっっ、と。

璃洒が開封したＢＯＸを逆さまにひっくり返すや、何千通という紙がテーブル上に雪崩れこんでいく。

「本日の最速便よ。まだまだ届くからもたもたしてられないわ」

「………………」

「そうよねミスミス！」

「……ふぁい」

なんとも気怠《けだる》げな返事のミスミス。

「……うぅ。せっかくのお休みの日に、なんで朝四時起きして基地の会議室に集合しなきゃいけないの……」

「始めるわよ第九〇七部隊の諸君！」

ミスミスのぼやきをさらりと流して、璃洒が手を打ち鳴らした。

「陛下が読む前に！　どうしようもない要望や悩み相談を片っ端からふるい落とすのよ！」

「あのぉ璃洒さん？」

おずおずと手を挙げる音々。

「どんな質問やリクエストを外せばいいの？　参考サンプルとかってありますか？」

「そんなものは無いわよ音々たん」

「え？」

「ずばり適当《フィーリング》。参考サンプルとの比較だなんて面倒なことしてたら終わる量じゃないわ。

音々たんの判断で、陛下の目に入れて良さそうかどうか決めちゃっていいから」

「が、頑張ります！」

用紙を手にとる音々と璃洒。

そんな二人を見習ってイスカたちも選別作業を開始した。

まず最初の一枚。テーブル上に山と積まれた用紙の一番上を拾い上げ、そこに書かれている質問文に目を通して——

「うわ、いきなり酷い！」

質問文を一目見て、イスカは顔をしかめてしまった。

「璃洒さん、ご相談が。さっそく酷いイタズラ文が届きました」

「ほう？　読み上げてよイスカっち」

「ええと……『こんにちは天帝陛下。さっそくですが質問です。陛下の今日の下着は何色ですか？　どんな形してますか？　ふふふ』——って、露骨なイタズラです。こういうのを落とせばいいんですね」

「それはセーフよ」

「セーフ⁉」

なんと意外な。

これにはイスカの方が驚きだ。

「で、でも璃洒さん⁉　これ天帝陛下をバカにしてません⁉」

「陛下は心が広いから許されるわ。ちなみに天帝参謀として答えると、陛下はふだん下着を穿《は》いてないけどね」

「どういうこと⁉　え、天帝陛下って日々どんな生活を⁉」

と。

そこへジンが割って入った。

「おい使徒聖殿。こっちは要望《リクエスト》だ。『親愛なる陛下にお願いがあります。帝国司令部の女医ミカエラちゃんの着用済みの寝間着がほしいです。枕もセットで』。……なんだこの変態？　ただの悪趣味じゃねえか。これはアウトだよな」

「セーフね」

「セーフなんだ⁉」

再び突っ込むイスカだが、璃洒は自信満々な口ぶりである。

「大丈夫よ。しょせんは抽選。天帝陛下が引く確率なんて何百万分の一だもん」

「……そ、そうですか？」

「そうよイスカっち。選別作業は始まったばかり。この程度でいちいち反応してたら身がもたないわ」

そんな璃洒へ。

ミスミス隊長が、一枚の投票用紙を握りしめてやってきた。

「璃洒ちゃん璃洒ちゃん！」

「ほいミスミス。何か面白い投票用紙でも見つけたかしら？」

「えっと……『天帝陛下にリクエストがあります。帝国軍の男の兵士たちがみんな泥臭いです。訓練中も身嗜《みだしな》みに気をつけて、常に髪型をセットし、汗をかいたら消臭スプレー、戦闘衣が汚れたら埃《ほこり》を払い落とすようにしてください』って」

「ぜひ採用すべきね」

「そんなの採用されたら訓練になりませんってば⁉」

恐るべし天帝ＢＯＸ。

イスカ視点ではこんな要望《リクエスト》が採用されたら一大事だと思うものばかりだが、どうやら思っていた以上に事前審査は緩いらしい。

「あ！　大発見だよ！」

音々が叫んだのはその時だ。

「隊長、璃洒さん！　ミスミス隊長の名前が書かれた要望があったよ！」

「アタシが⁉」

ミスミスが飛びついた。

天帝あての要望欄に、まさか自分の名前が書かれているとは。

「もしやアタシの隠れファン⁉　いやぁ困っちゃうね人気者は！　音々ちゃん、ちょっと読んでみて」

「うん。──『天帝陛下にお願いですわ。帝国軍所属のミスミスという女隊長が素行不良かつ成績最下位なのに、いかにも偉そうに上司面していることが同僚の女隊長として見過ごせません。あと顔も身体《からだ》もお子様なのに胸が大きいのもムカつきます。陛下のお力で、ぜひともあの女の胸がもげるよう命令してください』」

「胸は関係ないよ⁉」

大きく目立つ胸元を慌てて隠すミスミス隊長。

「同僚の女隊長って……もしや、これ書いたのピーちゃん⁉」

ピーリエ・コモンセンス隊長。

ことある毎《ごと》にミスミスをライバル視している女隊長である。この要望《リクエスト》は十中八九、ピーリエの嫌がらせだろう。

「天帝陛下へのお願いだからって、アタシの胸をもぐのはダメだよ！　これはアウト！」

「いやセーフね」

「璃洒ちゃん⁉　セーフじゃないよ、アタシが困るよ！　アタシの胸が！」

「まあまあ落ちつきなさいって」

顔を真っ赤にするミスミスの頭を撫《な》でてやる璃洒。

「大人げないわよミスミス。これが悪ふざけだなんて誰でもわかるわ。天帝陛下もきっと笑ってくれるわよ」

「……そうかなぁ」

「そうよ。天帝ＢＯＸは完全匿名制。誰が何を書いても許されるからこそ、個々人の自由なアイディアが生きる場でもあるの！」

璃洒がバッ、と手を広げてみせて。

「ゆえに！　ミスミスの胸が多少もげるくらい許されるのよ！」

「アタシが許さないしっ⁉」

「それを許すのが天帝陛下の懐《ふところ》の深さよ」

仲良くじゃれ合う璃洒とミスミス。

二人のやり取りを見ながらも作業を続けて――

「璃洒さん」

「どうしたのイスカっち」

「あ……いやごめんなさい。璃洒さんを呼んだわけじゃなくて、璃洒さんの名前が書いてある投票用紙があっただけです」

「ほほう？」

璃洒の目が、いかにも興味ありげにキラリと輝いた。

「まあウチも天帝参謀だしね。いわば有名人だし、陛下宛ての手紙にウチの名前が出るのも当然かしら。イスカっち、試しに読んでごらん」

「……『偉大なる天帝陛下に質問です。陛下の参謀である璃洒・イン・エンパイアといえば帝国軍でも知らぬ者のいない有名人です。容姿端麗で、知的で、スタイル抜群。愛嬌《あいきょう》もあって部下からの信頼も厚い人気者』」

「ふふん、わかってるじゃない」

「『と、本人は思っているようですが』」

「……え？」

「『その自慢面が鼻持ちなりません。ちょっと頭がよくて軍学校の成績が良《い》いからって、部下遣いも荒いしケチだし。化粧っ気もないし。あの色気のない眼鏡も代わり映えしないし、あの女のすべてがむかつきます』」

「……………」

璃洒が動きを止めた。紙を読み上げるイスカの前で、愛嬌のあるまなざしがみるみる不穏な鋭さを帯びていく。

「『結局、璃洒って女はお高くとまっちゃってるだけなんです。いつかあの眼鏡を右ストレートでぶち割って顔面に青アザを――』」

「イスカっち」

続けようとしたイスカの声は、天帝参謀の一声に止められた。

「……は、はい璃洒さん？」

「その紙ちょうだい」

「た、直ちに！」

その投票用紙を握りしめる璃洒。

何をする気だ？

緊張の面持ちで見守る第九〇七部隊の前で、璃洒本人はというと、鞄《かばん》の中から透明なビニール袋を取りだしたではないか。

「……璃洒ちゃん、それ何？」

「真空パック。他人の指紋がこれ以上つかないように」

恐る恐る訊《たず》ねるミスミスと、それに真顔で応じる璃洒。

真空パックの袋に投票用紙を入れて閉じる。それを鞄に詰めこんだ璃洒が、今度は懐から通信機を取りだした。

そして――

「あーもしもし鑑定課？　ウチだけど、一つ依頼があるの」

響きわたる璃洒の声。

「天帝ＢＯＸの件で今から重要証拠品を一枚送るわ。指紋鑑定と筆跡鑑定に出して。内容から判断するに、犯人は軍関係者で間違いない。全データベースを照合し、用紙に残ってる指紋と照合なさい。犯人が見つかったらすぐに逮捕し――」

「逮捕はダメですってば⁉」

慌てて割って入る。

イスカとしてもこの場の当事者で、黙って聞いてはいられない。

「璃洒さん待って！　本人特定は厳禁ですよ、だって天帝ＢＯＸですよね。誰が書いたのかわからない匿名だから価値があるって璃洒さん自分で言ってたじゃないですか！」

「……匿名ね」

璃洒がぼそりと、なんとも無機質な声音でそう呟《つぶや》いた。

「でもイスカっち。より大きな正義のため、匿名を犠牲にしなきゃいけない時もあるわ」

「確かにこの手紙は悪質ですが……きっとイタズラの範疇《はんちゅう》ですよ。だってさっきのミス

ミス隊長のはセーフなんですよね？」

「セーフよ」

「天帝陛下の下着の色を訊《き》くのもアリですか？」

「アリよ」

「じゃ、じゃあこれだって――」

「これはアウト」

「自分のだけ厳しい⁉」

「いいやイスカっち！　これは事件の臭いがするのよ！」

真空パック詰めした投票用紙を握りしめ、璃洒が吼《ほ》えた。

「天帝参謀のウチを陥《おとしい》れようとする重大犯罪よ。絶対に犯人を見つけてみせるわ！」

「……そうかなぁ」

「そうよ。ウチは決して自分のだけに厳しいわけじゃないの！」

熱く語る璃洒へ。

ミスミス隊長が、さらに一枚の投票用紙を差しだした。

「璃洒ちゃんこっちは？」

「ん？　何よミスミス？」

「ええと……『天帝陛下こんにちは。私は陛下に心酔しております。陛下のことを考えるだけで夜も眠れません。願わくは陛下が食事をされた後の食器（未洗浄）がほしいです。ナイフとフォークとスプーン。食べ残しのソースが皿に付着していたら理想です。うへへへ』……って」

「陛下の熱烈なファンね。陛下の使った食器がほしいなんて相当なファンよ」

「でも璃洒ちゃん、最後の『うへへへ』がすごく怪しくない？」

「全然。むしろ陛下への愛があふれ出ていて好感度高いくらいよ」

　あっさりＯＫを出す璃洒。

　そんな璃洒の前で、ミスミスがさらに新たな投票用紙を取りだして。

「実はこれと似たお願いもあって……『天帝陛下こんにちは。私、陛下の参謀である璃洒殿の大ファンで、あの方のお姿を想像するだけで夜も眠れません。陛下のお力で、璃洒殿の着用済みシャツと下着（未洗浄）がほしいです。泥だらけで汗がしみこんだものが理想です。うへへへ』……って」

「アウト」

「アウト⁉」

「最後の『うへへへ』が気持ち悪いわ。これは相当な変態ね」

「二十秒前のセリフは何だったの⁉」

「さあ急ぐわよ諸君！　まだまだ選別作業は残ってるわ！」

「無茶苦茶だよ⁉」

かくして。

璃洒の絶対（不）平等判定に振り回されつつ、何十万通におよぶ選別は夜通しの作業を経て無事に終了したのだった。

いざ当日――

天帝ＢＯＸは大反響。

企画終了を惜しむ声が溢《あふ》れるなか、イベントは幕を閉じた。ここまでは「めでたしめでたし」ではあるのだが。

「……結局さ、アタシの胸をもげとか、陛下のパンツの色とか、そんな要望は一つも引かれなかったよね……全然、まともな相談や要望《リクエスト》の方が圧倒的に多かったし……」

「……僕らが必死に選別した意味って」

「……音々もう疲れた」

「……俺はもうやらねぇぞ」

大盛況な天帝ＢＯＸの裏側で。

イスカたちは死屍《しし》累々と横たわって口々に呟いたのだった。

こんなイベントは懲り懲りだ、と。


——だが。

そんな第九〇七部隊《イスカたち》の人知れぬ苦労もつゆ知らず、帝国からはるか遠き地で、対抗心を燃やす少女がいた。


「天帝ＢＯＸですって⁉」

ネビュリス皇庁の王宮にて。

アリスは、帝国の情報誌を食い入るように見つめていた。

「……大盛況の大反響……なるほど、敵ながら中々に楽しそうなイベントをやるじゃない。皇庁《うち》も負けてられないわ！」

熱い闘志を目にたぎらせて、力強く叫んだ。

「燐《リン》、燐はいるかしら！」

いでしょうか」

「よろしいわ！」

満足げに頷《うなず》いて、アリスは目を輝かせたのだった。

「ああ楽しみ！　いったいどんな悩みや相談が来るかしら！」

アリスＢＯＸ設置。

ワクワクと胸を躍らせながら、締切を待つこと三日――

「お待たせしましたアリス様」

「待ってたわ！」

燐が巨大なＢＯＸを運んでくる。

そこに山と積まれた何百枚もの投票用紙。どれもアリスに向けた質問状である。

「全部で３８７通です」

テーブルに投票用紙の山を並べていく燐。

「正直、想定以上の大反響です。募集期間が三日なのでせいぜい数件のお便りが来れば……と思っていましたが、こんなにもお便りが届くなんて。さすが帝国で大反響だった企画なだけありますね」

「いいえ燐、これこそわたしの人徳というものよ！」

テーブルに積まれた質問状の数々。

全部に答えていくのは時間の都合で難しく、泣く泣く抽選方式だ。

「答えるのが私だし、質問を選ぶのは燐に任せるわ」

「かしこまりました。では」

燐が、投票用紙の山のちょうど真ん中あたりから一枚を引き抜いて。

「アリス様に質問です。……おや？　匿名ではありますが星霊部隊の兵からの質問のようですね」

「来なさい！」

「では……『親愛なるアリス王女へ。恐れ多い質問ではありますが、前から気になっていたことがあります』」

「何かしら」

「『アリス様は氷の星霊使いです。そして戦場では大変美しい王衣《ドレス》をお召しになっておりますが、少々薄着なのが気になります』」

「あら？　わたしの服に関する質問ね？」

アリスの王衣《ドレス》は、アリスの体型に合わせた特注品だ。

舞踏会に出るドレスのように大胆に肌が露出した上品な色っぽさ、そして華やかさが特徴である。

「わたしの王衣《ドレス》の何が気になるのかしら」

「『質問です。アリス様はそのような薄着で戦場にお越しになられ、しかも氷の星霊術で冷気を発する時、寒くないのでしょうか』」

「寒いわ」

「寒いんですか⁉」

燐が驚きで目を丸くする。

「あら燐、あなたは知ってるでしょ」

「知りませんよ……だってアリス様、氷の星霊術を使っても寒そうな雰囲気見せてないじゃないですか。ああこれ平気なんだなって」

「我慢してるのよ。わたしが寒そうにしてたら格好がつかないじゃない」

公にはしてなかったが――

実は氷の星霊術を発動している時、アリスも多少は寒いのだ。かといってマフラーや手袋をするのも格好が悪いから、戦場ではそんな素振りを見せないが。

「わたしの術だから多少は冷気も抑えられるけど、氷の上に立てば寒さも直《じか》に伝ってくるもの。足や肩が冷えないよう大変なのよ」

「……質問も募集してみるものですね。意外な新発見でした」

感心したように頷く燐。

「次の質問、いかがですか」

「もちろんやるわ！」

「次の質問者は、匿名でペンネームを付けられています」

「読んでちょうだい」

「では──ペンネーム『三人姉妹の末っ子』さんから。『アリス王女に質問させて頂きますわ。わたくしには二人の姉がいて、その姉たちに大変困っているのです』」

「あら偶然ね。わたしも妹とお姉さまがいるの。同じ三姉妹ね」

アリスは次女だ。

対し、この質問者さんはどうやら末っ子らしい。

「三女の質問者さんは何に困ってるのかしら？」

「では続きを──『困っているのは、姉たちがどちらも早熟で、女性としての発育ぶりがめざましく、しかも当人たちがそれを無自覚に主張してくることですの。露出の多い服で胸元をちらりと覗《のぞ》かせたり、抱きついてきた時にわたくしの顔に押しつけたりと、大変に羨ま──ではなくイライラしますわ。そんな姉たちに、妹としてどう対抗すべきでしょうか』……この質問者、まさか……？」

「燐？」

「いえ少々独り言です。アリス様、この質問にはどうされます？」

「そうね……」

しばし黙考。

三姉妹という共感《シンパシー》もある以上、ここは真剣に答えねば。

「一つ気になるわ。ねえ燐、この質問にある女性としての発育ぶりというのが不明瞭よ。具体的にどういうことかしら」

「アリス様」

燐がふっと真面目な目つきになった。

「質問の雰囲気からして、この質問者は年頃の乙女でしょう。感受性の鋭い少女の悩みといえば胸であると相場が決まっています！」

「そうなの？」

「……そりゃアリス様は自慢する側ですから。悩んだことのないアリス様に、この質問に答えるのは少々難しいかもしれませんね」

「いいえ燐！」

じと目で見つめてくる燐に振り向いて、アリスは堂々と断言した。

「わたしに答えられない質問なんて、この世に一つも無いわ！」

「その自信はどこから⁉」

「だからわたしが答えてあげる。質問者さん、あなたは大きな間違いをしているわ！」

一度大きく息を吸いこんで。

「みんな違ってみんな良《い》い！　三姉妹の末っ子だからって、お姉さんのことを気にする必要ないの。意地を張って見返そうなんて行為はあなたの品格に傷を付けるだけよ！」

「おおっ⁉」

燐が思わず拍手。

「素晴らしいですアリス様！　珍しくまともなご意見を！」

「燐を見なさい！」

そんな燐を指さすアリス。

正確には——燐の平たい胸元を。

「燐だって夜な夜な胸が大きくなるトレーニングを欠かさない。この前向きな努力を見習うべきよ！」

「私のプライバシーを国民にばらさないでください⁉」

「しかも『わたし回答しきったわ』みたいな満足げな表情で⁉」

「……ふぅ」

「事実そのとおりだもん」

自信満々に胸を張ってアリスは力強く頷いてみせた。

「国民の悩みに真っ正面から向き合い、愛をもって応じる。いいわ、これよ、これぞ王女！　アリスＢＯＸを設置した甲斐《かい》もあったというものよ！」

「……まだ二つしか回答してないじゃないですか。ああ、でもそろそろ時間ですね」

壁際《かべぎわ》の時計を見つめる燐。

午後三時。スケジュール上はこれから大臣との会議である。

「残念ですがここまでです。アリス様、続きは会議後に」

「……せっかく面白くなってきたのに。じゃあ燐、最後にもう一つだけ。それを回答したら終わるわ」

「では最後の質問です」

質問状の山の中から、燐が無造作に一枚引き抜いて——

「匿名希望さんからのお便りです。『親愛なるアリス様…………………………あ……これは……」

燐の口が止まった。

読み上げかけた文面に目を凝らし、何やらバツの悪そうな表情で何かを考え込んで――

「別の質問にしましょう」

「なに言ってるの燐。選んだからには答えるのがアリスＢＯＸの掟《おきて》よ。さあ読んでちょうだい」

「……では遠慮なく」

燐がすっと唇を引き締めた。

「『親愛なるアリス様に悩み相談です。私には生涯仕えると心に決めた主人がいます。ですが最近、その方が一人の男に執着して困っているのです。相手の男はなんと皇庁の敵である帝国人。それも憎き帝国兵なのです』」

「まあ!?」

その悩み相談に――

アリスは思わず、心の底から驚きと嘆きの声を上げてしまった。

「いけないわ！　皇庁の民でありながら帝国人に心奪われてしまうなんて、そんなの主として失格よ。この手紙をくれた従者も困ってるじゃない！」

「………………」

「ねえ燐！……あら？」

振り向けば。

なぜか当の燐が、妙に呆《あき》れたというか白々しい表情ではないか。

「燐？」

「……ええ、大変苦労してます」

「え？」

「この悩み相談には続きがあります。続きを——『私は心配です。我が主人が、その帝国兵に執着しすぎて本来のご自分を見失っているように思えるのです。そんな女性が身近にいたら、アリス様はどうされますか？』」

「決まってるわ！」

アリスの言葉に迷いはなかった。

「すぐに思い直すよう彼女を説得する。むしろ今すぐ、その女主人をわたしの前に連れてきて！」

「ほほう？」

キラリ、と。燐が目を輝かせたのはその時だ。

「アリス様は大反対なのですね？」

「もちろんよ。わたしはその女主人のためを思って答えるわ。皇庁人が帝国兵と繋《つな》がったって破滅にしかならないわ。帝国と皇庁は相容《あいい》れないものなのよ！」

「…………」

「燐？」

「その通りですアリス様っ！」

燐が吼《ほ》えた。

アリスの答えを待ってましたと言わんばかりに、握りこぶしまで作ってみせる。

「どうしたの燐？　ずいぶん気合いが入ってるわね」

「アリス様！　ご自分の胸に手をあててよくお考えください」

「え？」

「いまの質問とご自分の境遇についてです！」

「……わたしの境遇？」

きょとんと瞬《まばた》き。

自分は二国の相容れぬ関係に則《のっと》って質問に答えただけ。これが自分の境遇とどう関係するというのだろう。

「全然思い当たるものがないわ」

「あるでしょう！」

「？　何を言ってるの燐？」

首を傾《かし》げてみせる。

それを見た燐が「ああもうっ！」と頭を掻《か》きながら。

「ならばお答えします。あの帝国剣士のことです。イスカのことで身に覚えがないとは言わせません！」

「――何ですってっ⁉」

燐が発した剣士の名に、アリスは頬が熱くなるのを禁じ得なかった。

帝国剣士イスカ。

戦場で相まみえ、互角の戦いのまま決着がついていない相手である。アリスにとって最も因縁深い帝国人であるのは間違いないが。

「イ、イスカが何なのよ！」

「口ごもってる時点で自覚があるはずです。あの剣士と戦場で出会って以来、アリス様のご様子がおかしいと！」

「……何ですって⁉」

まさか。

自分の従者からそんな大胆な言葉を聞く日が来ようとは。

「わたしがイスカに執着してるだなんて……燐は、わ、わたしとイスカが恋に落ちるって言いたいの⁉」

「そこまでは申しませんが……」

「あまつさえ結婚すると！」

「妄想しすぎです⁉」

「わたしと彼が……高さ一メートルはあろうウェディングケーキに仲良く入刀すると言いたいのね！」

「取り乱しすぎですアリス様⁉」

「——あ、あれ？　わたしってば……」

燐に取り押さえられ、アリスはようやく我に返った。

「ほらもう。あの帝国剣士の話になるとやはり豹変《ひょうへん》なさる」

「燐が紛らわしいことを言うからよ⁉……こほん。良い機会ね。何か誤解があるようだから言っておくわ」

燐の前で深呼吸。

まだ胸がドクンドクンと早鐘を打っているのは内緒にしつつ。

「私とイスカは好敵手《ライバル》！　それ以上でもそれ以下でもない。清く正しい敵対関係という意味で彼に執着していることは間違いないわ。でもそれは大衆の言う男女のアレコレとは違うのよ」

「清く正しい敵対関係なんてフレーズ初めて聞きましたが……」

「とにかく！　この件はここでお終《しま》い。……誰の質問かと思ったけど燐だったのね？」

「偶然にも引きました」

「もう……これで最後にしようと思ったけど今のはノーカウントよ。次こそ最後の最後。いい？」

「かしこまりました」

正真正銘、これが最後の質問状。

アリスが見守るなか、燐が質問状を山の中から引き抜いた。

「これが最後よ、燐」

「では――『親愛なるアリスに、悩み相談です。私には三人の娘がいます。イリーティア、アリスリーゼ、シスベルという可愛《かわい》い娘たちです』……あれ？」

「……これまた馴染《なじ》みのある名前ね」

読み上げられた名は、アリスを含んだ王女三姉妹の名前だ。そして質問者は、どうやら三姉妹の母親にあたる人物らしい。

「ねえ燐、わたしすごく嫌な予感がしてきたわ……」

アリスの頬を伝う汗。

王女を「娘《じぶん》」と呼ぶ人物など、この王宮に一人しかいない。つまり――

「アリス様。手紙の続きはいかがされますか」

「……続けて」

「はい。ええと――『私の三人の娘はみんな大変可愛く良い子なのですが、このところ次女のアリスに困っているのです。あの子は隙あらば王女の仕事を放り出し、大がかりなイベントを思いつきで企画しては遊びほうけているのです。今回もアリスＢＯＸなる質問箱を、王宮のいたるところに設置しているようですね』」

「…………」

「『アリス、一週間も〆切《しめきり》を過ぎた書類へのサインはまだですか？』」

「た、ただちにやりますわ女王様《おかあさま》！」

アリスＢＯＸを放り出し――

アリスは、王女の書斎に走りだしたのだった。

Secret

瞬《またたき》があれば事足りる

the War ends the world /
raises the world
Secret File

書き下ろし

時々、ふと思う。

訊《き》いてみたいことがある。

俺じゃない誰か。誰でもいいから教えてほしい。

俺の前を歩くスーツ姿のくたびれた会社員でも、そこの道ばたに突っ立ってる警備員でも、歩きながら化粧している若い女でも。誰でもいい。

十年後の目標って、あるか？

命をかけて成し遂げたい夢って、あるか？

子供の頃、「こんな大人になりたい」ってテーマの作文を書いたことは？

ありったけの色鉛筆で、目をキラキラさせながら「大人になった自分」を画用紙に描いたことはあるか？

夢を、未来を。

親に嬉《うれ》しそうに話したことはあるか？

俺はあった。

そして全部忘れた。

この皇庁《くに》は星霊使いの楽園だと。

そう信じて育ったら、だが実のところ、星霊術が使えない星霊使いである俺はこの皇庁《くに》に居場所なんて無いと突きつけられて——

子供の頃に描いてた「理想の未来」がガラガラと崩れていった。

大人になった自分はこんなことをしたい。

俺は、それを失った。

どうしようもなくお粗末な、この自称「楽園」で。

俺は……

何をして生きて、どう死ねばいい？

自分の命の使い方がわからない。

そして——

イリーティア・ルゥ・ネビュリス９世という王女は、そんな俺と反対だった。

俺と正反対の女だった。

何をして生きて。何をして死ぬか。それを誰よりも強く持っていた。

それはきっと──

俺が子供の頃に失った「人生をかけた夢」や「大人になった自分像」を、誰よりも強く握りしめて離さなかったからだろう。

だが、彼女にはそれを実現する星霊《ちから》がなかった。

理想を分かち合う味方もいない。

彼女には、彼女を支える騎士が必要だった。

この俺、ヨハイム・レオ・アルマデルは──

彼女のために生きて死にたかった。

1

ネビュリス皇庁。

すべての星霊使いの楽園と呼ばれている国に、冬が訪れた。

外灯の電球が凍りつき、厚手のマフラーを巻いても奥歯に染《し》みるようなとびきりの極寒。

だがこの「楽園」は、冬に暖房をつける金さえ用意しちゃくれない。

言うなれば——

働け。

明日を約束されない日雇いで、かろうじて今日のパンと暖房代を手に入れる。あるいは雇い主の機嫌が良ければスープ代程度は賄えるが。

「……とんだ楽園だ」

銅貨四枚。

耳が千切れそうになる寒風のなか働いて、今日の俺が稼いだすべてだ。

ちなみに雇い主の機嫌は良くなかった。

飼っている猫が暖炉に近づいて火傷《やけど》したとかで、かくして俺のスープ代は愛猫《あいびょう》の病院代に使われたらしい。

「……俺はペット以下か」

そう。

金持ちにとって、貧者の価値は猫より安い。

ああ分かってる。こんな目つきが悪くて図体《ずうたい》もデカく、いかにも荒くれ者な俺よりも、家に安らぎをもたらしてくれるペットの方が大切だもんな。

だが。

それに屈辱を感じることだって俺の自由だろう？


毎日が納得いかない。

今まで薄々と感じてきた違和感が、歳《とし》を重ねるたびに肥大化していく。

俺が一日一日を生きることさえ苦労する一方で、なぜ金持ちどもはペットに好きなだけ金をかけることができる？

俺が公園の水で飢えを満たす夜も、連中は好きなだけワインを貪り呑《の》む。

その違いは何だ？

同じ人間、同じ星霊使いだというのに。

すべての星霊使いの楽園がネビュリス皇庁だと謳《うた》うなら、この違いを説明してみせろ。

ああわかっている。

これは貧者の負け惜しみだ。

悔しいなら働け。誰かの目に留まる働きぶりで出世してみせろ。

「……這《は》い上《あ》がってやればいいんだろ」

世界はそういう色をしている。

子供の頃に色鉛筆で描いた画用紙は何色だ？　真っ白な紙だっただろう？

俺の画用紙《せかい》は真っ黒だった。

どんなに色鮮やかな鉛筆を使っても、真っ黒い画用紙には虹《ゆめ》も描けない。それが嫌なら這い上がるしか――

「よぉヨハイム！」

「……」

名を呼ばれると同時、俺は肩を摑《つか》まれた。

振り向きたくはない。酒臭い息が顔にかかるのはご免だ。と思った傍《そば》から、悪友の方から俺の前に回りこんできた。

「くははっ！　遂《つい》に焼きが回ったなぁおい？　どうだ俺に気づかなかっただろ？　これで

今度こそ賭けは俺の――」

「二つ前の曲がり角。車の左折に乗じてだろ」

「っ！」

「さっさと寄こせラウゼン」

手招きするまでもなく、茶髪の男が「ちっ！」と銅貨を一枚投げ渡してきた。

これで今夜の夕食にスープが付く。

「この神経質が！」

「多感と言え」

ラウゼンは元・スリ常習犯の現・手品士《マジシャン》だ。

この辺り一帯を荒らしに荒らしたスリらしく、足を洗った今も、人様のサイフを奪ってはその場で返す悪趣味な芸をしているらしいが。

「いつものように相手が悪かったな」

常日頃から神経を尖《とが》らせているせいか、俺は常に気を許せない性質《タチ》らしい。

どんなに眠くても、疲れ果てていようとも、常に心のどこかで気を張りつめてしまう。

目つきの悪さもそのせいだろう。

「おいヨハイム、俺の銅貨で一杯どうだ？」

「これは俺の野菜スープ代だ」

「……けっ。貧乏のくせに食いもんにだけは金かけるじゃねえか」

「酒よりマシだ。そして離れろ、酒臭い」

悪友に寄りかかられながら街を歩く。

夕暮れ時だが空は灰色。今にも雨か雪が降りそうな寒空の下、古いコートの襟を立てて歩いていって。


――――歌が、聞こえた。


女の声。

かろうじてそれだけがわかった。

「……？」

そう気づいた瞬間に、俺は立ち止まっていた。

歌が上手《うま》かったからじゃない。俺のような無教養な男に歌の上手い下手はわからない。

俺が立ち止まったのは「珍しかった」からだ。

ここは街の大通り。

街のスピーカーから聞こえてきたのかと思ったが、そうではないらしい。

「………」

「ん⁉　ヨハイムどうしたよ、おい⁉」

後ろからラウゼンが呼びかけてくるが、答える義理はない。

そもそも答えようがない。

ただ「大通りで歌が聞こえてくるのが珍しい」と、そう思っただけだ。途切れ途切れに聞こえる声を頼りに角を曲がって――

広場。

そこに何百人という群衆が集まっていた。

「……野外……チャリティーコンサートか？」

噴水のまわりに群衆が集まっている。

歌い手の女は、どうやらその噴水の縁に立って歌っているらしい。こんな真冬の季節にどこのお人好《ひとよ》しだか。ずいぶんと物珍しい奴《やつ》だ。

試しに顔だけ拝んで立ち去ろう。

ぎゅうぎゅう詰めの聴衆を無言で押しのけ、噴水の手前まで近づいていく。

そこに立つ女を見上げ――

俺は、言葉を失った。

「…………」

美の女神が、いた。

大きく波打つ髪は、世にも美しい金を帯びた翡翠色《エメラルド》。

目鼻立ちの整った相貌は美しく、そのまなざしは慈愛に満ちている。

年の頃はちょうど俺と同じ頃……二十歳手前だろうか。大人びた相貌もだが、嫌でも目に付くのはその大人びた肉体だ。

豊かな胸の双丘が、薄地のドレスを内側からくっきりと押し上げている。

――女神のごとき美貌と、悪魔のような魔性の色香。

この女は何者だ？

答えられぬ者はこの皇庁《くに》にはいないだろう。

現ネビュリス女王に三人の娘がいる。「ルゥ家三姉妹」、その長女イリーティア・ルゥ・ネビュリス９世。

それが彼女の名だ。

「……こんな狭い広場に、まさかの大物だな」

群衆が集まるのも納得だ。

噂《うわさ》に違わぬ、いや噂以上の美貌。

テレビに映った姿より、間近で見る王女はさらに美しい……が……

だから、どうした？

熱狂的に見守る群衆のなか、俺の冷めたまなざしはさぞ奇異に映ったことだろう。

美しい。

それは俺にとって癪《しゃく》に障《さわ》る対象でしかない。男女の違いはあれど、こうも容易《たやす》く群衆を虜《とりこ》にする美貌を持って生まれて――

……さぞ楽な人生だろう？

……女神のような美貌に、王女という生まれながらの絶対的地位。

生まれながらの勝者。

俺にすれば羨望《せんぼう》ではなく、ただの妬みの対象でしかない。

「………………」

帰るか。

そう引き返そうとした矢先――

電撃にも似た衝撃が、背筋を走り抜けていった。

「っ？」

弾《はじ》かれたように振り返る。

俺としたことがなぜ思い至らなかった？

「………なぜだ……」

噴水の縁に立つ王女。

何百人という群衆に囲まれ、一挙手一投足を見つめられるなか、イリーティア王女は灰色の冬空を背に女神のごとき愛の微笑を湛《たた》えていた。

「……なぜ、笑える……？」

あまりに当たり前に振る舞っていたからこそ、まるで疑問に思わなかった。

この寒さだぞ？

嚙《か》みしめた奥歯にまで染《し》みる極寒。

群衆の誰もが冬のコートとマフラー、手袋をつけている。当然だ。そうでなければたちまち震え上がる寒さなのだ。

なのにイリーティア王女の姿は、常軌を逸していた。

たった一枚の舞台ドレスのみ。

……厚着で着膨れるのは発声に向かないからか？

……だとしても寒くはないのか？

寒いはずなのだ。

現にその唇は血色を失い、真っ青に染まりきっているじゃないか。

「……拷問のような所業だな」

この極寒の空の下で、ドレス一枚で群衆のために歌い続ける。

俺が目を奪われたのは、それだ。

あの類い希《まれ》な美貌は生まれ持ってのもの。

だが、この極寒のなかで麗《うら》らかな笑顔を崩さないのは違う。とんでもない意地だ。常軌を逸している。

……俺があの立場だったとして。

……耐えられるか？

もっとも、そんな観点で見ているのは俺くらいだろうが。

そう思った矢先に——

「つまんねぇな。ただ歌うだけじゃすぐ飽きられるぜ」

ボソッと。

俺の背後の悪友《ラウゼン》が、下卑た声でそう言ったのが耳に入った。

「あのお姫さん、試しに爺《じい》さんの声で歌ってみればいいのにな。そっちの方がよほど笑いが取れるぜ」

「ん？」

「ハッ、あのお姫さんの星霊に決まってんだろ」

「……ああ、それか」

星《ルゥ》の第一王女イリーティアに宿る星霊は、「声」。

これがとんだ外れの能力であることは、皇庁では常識だ。

――声の星霊は、彼女が聞いたことのある声を再現する。

酒場の一芸にしかならない力だ。

悪友《ラウゼン》が言うように、あれだけの美貌をほこる王女が突然に嗄《か》れた老人の声で喋《しゃべ》ったら、確かに群衆はさぞ驚くだろうが。

「するわけがない。笑い者になるだけだ」

「ハッ、何言ってんだヨハイム」

悪友《ラウゼン》が嗤《わら》った。

「あの王女は最初からそういう役なんだよ。城に居場所がねぇんだ。見ろ、他の王女たちがこんな冬の街中に現れるか？　今ごろ、城にある自分の部屋で熱々のミルクティーでも飲んでるさ」

「……なるほどな」

ようやく悪友の意図を察した。

王女イリーティアは絶対に女王になれない。

女王になれず陰の一生を城で過ごすくらいなら、いっそ笑い者になった方が民衆に注目されるだろう？　そういう理屈らしい。

なぜ「絶対」か。

それはイリーティア以外の王女たちが、皆とてつもなく強大な星霊使いだからだ。

女王選抜は、星霊《ちから》こそが何より優先される。

星霊使いの国の女王は、その象徴となる強大な星霊を有していなければいけない。子供でもわかる理屈だ。

……星霊に愛されなかった女。

……王女といえど、そこだけは俺と大差ないな。

女王候補に目されながら――

まるで期待外れの星霊を宿して生まれた王女は、さぞかし城で肩身が狭いに違いない。

悪友《ラウゼン》の話も納得だ。

「詳しいなラウゼン」

「仕事柄、王家の話はよく聞くんだよ。この野外コンサートもな」

悪友《ラウゼン》が笑い飛ばす。

「イリーティア王女は城じゃ誰にも相手にされねぇのさ。当然だ、女王候補から脱落した王女につく家臣はいねぇ。星《ルゥ》はアリスリーゼ、太陽《ヒュドラ》はミゼルヒビィが最有力。月《ゾア》はよくわからねぇが……ま、家臣だって将来有望な王女を選ぶに決まってる」

「それで爪弾《つまはじ》き者か」

「ってわけだ。見ろよ、あれだけ美人のお姫様が愛想《あいそ》良く歌ってれば、そりゃ民衆はコロッと騙《だま》されて歓声を上げる。……が、それも王宮じゃ笑い話だ。ああして民衆に媚《こ》びを売るしかできない王女だってな」

言われてみれば――

他の王女が滅多に城から出ないのと比べて、イリーティア王女は積極的に外に出る。

この街中でのチャリティーコンサート。

他には、諸外国を旅しての遊説《ゆうぜい》もよく聞く話だ。

「民衆《おれたち》の前に現れるのも元々そうしたいわけじゃなく、王宮で一人過ごすのが億劫《おっくう》なだけだから……か？」

「って噂だ。ま、ほとんどの民衆は知りもしねぇだろうが」

なるほどな。

それが真実かどうかは王女《イリーティア》のみが知る話だが、なかなか頷《うなず》ける推測だ。

端的にいえば。

王女イリーティアはそれだけ王宮が嫌いなのだろう。

……憐《あわ》れな二択の末か。

……この極寒に耐える方が、閉塞した王宮で一人過ごすよりマシだと。

星霊に関しては俺も思うところはある。

が、同情する気はない。

たとえ「星霊に愛されなかった」者同士でも、しょせん俺は最下層の貧乏人だ。こんな荒くれ者が王女に同情だなんて甚だ可笑《おか》しい。

むしろ俺が思い浮かべたのは——利用できないか？

そんな野心だった。

「ラウゼン。あの王女は家臣からも見放されている。間違いないか？」

「でなきゃ城を出て、こんな広場に来たりしねぇよ」

「……なるほどな」

あの王女には味方がいない。

つまり側近の席が空いていることになる。

庶民が王女の側近に成り上がる？　もちろん普通はありえない。だがあの王女だけは、俺のような庶民でも取り入る隙があるわけだ。

……這《は》い上《あ》がってやろうか。

……この世界で、金と地位こそが絶対基準だというのなら。

あの王女の靴を舐《な》めることで側近になれるなら。

俺は快く屈辱を受け入れよう。

「ラウゼン、仮にだ。あの王女の目に留まる機会があるとすれば何だ」

「……ああ？」

くすんだ茶髪を掻《か》きながら、悪友が振り向いた。

「何だヨハイム。お前あの王女に一目惚《ひとめぼ》れでもしたか？」

「俺は手段だけ訊《き》いている」

「星霊部隊だ」

「……即答じゃないか」

「ソレしか俺が知らねぇからな。誰でも挑戦できる。挑戦はな」

王女の歌が終わった。

まわりの群衆がけたたましい拍手と歓声を送るなか、悪友《ラウゼン》と俺だけは、王女の後ろに控える近衛兵《このえへい》を見つめていた。

そう。

俺は近衛兵《あいつら》の地位まで這い上がりたい。

「この皇庁《くに》で出世したいなら星霊部隊が手っ取り早い。奴《やつ》らは帝国軍と戦う英雄だ。そこで手柄を立てればトントン拍子で王家とお近づき。気に入られれば近衛兵《あいつら》と同じ登用の道も開くかもしれねぇ」

「思ったより現実的だな」

「夢見る奴は多い。ま、四日ありゃ夢は醒《さ》める……仕事の時間だ」

悪友《ラウゼン》がよろよろと背を向ける。

片足を引きずるようにして、群がる民衆を掻き分けながら。

「じゃあなヨハイム。無事に戻ってきたらまた会おうぜ」

「？　どういう意味だ」

「俺みたいに四日で壊されないように気をつけな」

一週間後。

俺は……

悪友《ラウゼン》のソレが、奴なりの最大限の警告であることを身体《からだ》で理解した。

2

砂の味。

鉄の味もする。

「────おい────番号────」

何だ。

それは俺に向けて言っているのか？　くそっ。頭が割れるように痛い。……いや待て。本当に割れてるんじゃないか。それくらい酷《ひど》い痛みだ。

「立て、志願番号0091」

「……っ！」

額の裂傷と滴《したた》り落《お》ちる血。

それが俺の口に滑り落ちていたのだと気づき、俺はうつぶせのまま目を開けた。そうだ、俺は星霊部隊の養成枠に志願して──

「失格だ。荷物をまとめて出て行け」

皮肉にも。

その試験教官の一言で、俺はすべてを思いだした。

ああ、星霊部隊の選抜中だった。

もともと体力には自信があったからな。体力選抜はまだ何とかなった。

だが次の戦闘選抜で――

「………俺は……」

「ここが戦場でなくて、そして俺が帝国軍でなくて良かったな。おい志願番号0084。お前は合格だ。次の選抜に進め」

靴先が、コツンと俺の額を蹴りつける。

おぼろげな視界のなか、俺を鉄棒で殴り捨てた志願者が、教官に一礼して去って行くのが見えた。

……俺は……一撃でのされたのか？

……冗談言うなよラウゼン……お前、こんな選抜に四日も耐えたのか？

骨身に染《し》みた。

俺は思い知らされた。

何とかなるだろうという俺自身の理由もない自惚《うぬぼ》れ。そして俺以外の志願者がどれだけ精鋭揃《ぞろ》いであったかを。

……くそ、冗談じゃない。

……俺を一撃でのした奴が、まだ養成枠にも入っていない一般志願者だと？

どれだけの精鋭揃いだ。

星霊部隊の本隊ともなれば、いったいどんな化け物たちだ？

「ちっ、おい担架だ」

「…………ことわ……る…………」

教官の舌打ちが、目覚まし時計代わりとはな。

ズキズキと痛む額を押さえながら、俺は奥歯を噛《か》みしめて立ち上がった。

はっ！　まったくお笑い草だ。

何が王女に取り入るだ。出世して這い上がるだ。この俺……ヨハイムとかいう若造は、こんな弱っちさで人一倍デカい野望を秘めて悦に入っていたのか。

真の道化は、王女じゃなく俺だった。

それが腹立たしい。

今日この時ほど、俺は、俺に怒りを覚えたことはなかった。

……それにもう一つ。

……お前らの目だ。倒れた俺を見下す、その冷めきった視線！

呆《あき》れられている。

ここは俺のような人間が来る場所じゃない、由緒《ゆいしょ》正しき精鋭のみが集まる場だと。

「……覚えておけ……俺の顔を…………！」

終われるか。

一歩、また一歩。

呼吸を荒らげながら吐き捨てて、俺は、この上から目線の教官に背を向けた。

「……次は、俺の相手と……お前を地面に抱きつかせてやる……」

砂を噛みしめながら門前払い。

それが俺の、星霊部隊との最初の繋《つな》がりだった。

═══

「よぉヨハイム、生きてたか？　ははっ、包帯で済んだのならマシだったな？」

「…………」

背後から誰かに叩《たた》かれた。

いやわかっている。三つ前の歩道から俺をコソコソとつけてきた悪友《ラウゼン》だ。お世辞にも綺《き》麗《れい》とは呼べないその顔が、頭に包帯を巻いた俺を眺めまわしてくる。

ほら言った通りになっただろう？

そんな表情《かお》だ。

が。

もう、どうでも良い。

今までの俺なら「その酒臭い顔をどけろ」と払いのけていただろうが。

「ん？」

案の定、俺が無反応であることを不思議に思ったのか。

悪友《ラウゼン》がやたら仰々しく回りこんできた。

「ははっ！　こいつぁ滑稽だ。なぁヨハイム、案の定こっぴどくやられて萎《しお》れちまったか。だから言ったろ。夢なんてすぐ醒める」

「…………」

「因果なもんだよな。取り柄のない庶民《オレら》がマシな地位につくのに、一番てっとり早いのが星霊部隊で武勲を挙げること。なのに、その星霊部隊が化け物の巣窟《そうくつ》ときた。あいつらだって遥《はる》か空の天才なんだよ。庶民《オレら》とは違う」

「そうだな」

悪友《ラウゼン》は眼中にない。

延々とまっすぐ。ここ中央州の外れを目指して、俺は歩き続けていた。

「俺が間違ってた。星霊部隊の選抜がこうも容易《たやす》いはずがない」

「……お、おう。そうだろ？　だから――」

「借り家は引き払った」

「ん？」

「夢は醒めた」

ニヤリと口の端を吊《つ》り上げる。

気安く笑ったつもりだが、俺の顔を覗《のぞ》きこんだ悪友《ラウゼン》がギョッと目を見開いたのは、俺が思いのほか凄惨な笑みを浮かべていたからだろう。

「お前の言うとおりだラウゼン。星霊部隊は天才だ。何も知らずに選抜にやってきた俺をさも楽しそうに足蹴にしていた」

「……お、おう」

「その天才どもを蹴散らしたら、さぞ気分がいいだろうな」

理解した。

俺は、俺を見下す上流階級が大嫌いなのだと。

ただ這《は》い上《あ》がるんじゃない。

這い上がる過程で、俺を見下した星霊部隊を蹴散らしてやる。見返してやるさ。

「……上等だ。俺の肉体が腐り落ちるまで鍛え抜いてやる」

「はっ⁉ お、おい何を言って――」

「待っていろ」

もはや悪友《ラウゼン》の声さえ聞こえなかった。

そして。

そこからの記憶は、あまりない。

俺が選んだのは街外れの修練場だった。

昼にその修練場で扱《しご》きに扱かれ、夜には獰猛《どうもう》な猛獣がうろつく危険地の監視員に就いた。

肉体を鍛え、五感を極限まで研ぎ澄ませ――

星霊部隊の訓練地にも赴いた。

金網にしがみつき、奴らの戦闘訓練を血眼で凝視し、学び続けた。奴らがどんな過程で、どんな訓練で強くなっていくのか。

そう。強くなる。

そして真似《まね》る。真似て、その一つ上をいく過酷な修練を死に物狂いで考えた。

そんな日々をどれだけ過ごしたか――

ある日。

金網から見る星霊部隊の訓練が「温《ぬる》い」と感じた時、俺は喜びに打ち震えた。

今なら通じると。

「……待っていろ」

金網から手を離す。

毎日何時間と握り続けたことで、その金網は俺の手のかたちに歪《ゆが》みきっていた。

「すべて蹴散らしてやる」

選抜の時だ。

これが二度目の選抜で――

俺は、二度目の失格を味わった。


「………」

砂煙が舞う。

星霊部隊の志願者と、その教官が一人残らず撤収していった後の演習場で。

俺はなかば放心状態で、自分の頬に手を当てた。

火傷《やけど》の跡。

星霊術の炎に炙《あぶ》られた傷だ。

「……俺は……負けたのか………」

体力選抜、上位通過。

戦闘選抜、上位通過。

だが四日目──すなわち最後の星霊選抜で、俺は何一つできなかった。

「………はっ……ははは……」

ああ、本当は薄々ながらわかっていたよ。

俺は星霊術が発動しない。

──星霊術欠乏症。

俺は星霊に愛されなかった。

星霊を宿してはいるが、術として発動するエネルギーがない。

これこそ、俺がイリーティア王女に見いだした「俺と大差ない」点だ。星霊至上主義のネビュリス皇庁で虐《しいた》げられているという接点──

かたや失笑を買うだけの星霊術。

かたや星霊術が発動しない「星霊使い未満」。

どちらも滑稽だ。

「………………俺は………………」

だから負けた。

相手の星霊術に対抗できなかったんだ。

俺の拳が届かない距離から一方的に火炙りにされた。戦闘技能が足りないから死に物狂いで鍛えたのに、それが無為となる差を見せつけられた。

星霊という才能。

努力ではどうしようもない絶望的な格差が——

「……それがどうしたっっっ！」

だだっ広い無人の広場で、俺は天に向かって吼《ほ》えた。

「……だから……どうした！」

諦めきれない。こうもまじまじと「生まれ持っただけ」の才能の差で踏みにじられて、はい負けましたと納得しろと？

ご免だ。

俺は、俺自身を突き動かすこの憤怒《ふんぬ》のおかげで、ようやく己の動機を理解した。

偉くなりたい？

偉くなりたいから強くなる？

違う。

気に食わないんだ。この皇庁《くに》と、この皇庁《くに》で俺を見下す星霊使いすべてが気に食わないことがすべての動機の始まりだった。

そいつら全員に俺を認めさせてやるために、俺は強くなりたかったんだ。

「……どうすればいい！」

その場で四つん這《ば》いになり、俺は自分の足下を凝視した。

地面に残った炎の跡。

この星霊術の跡を、目を剝《む》き出《だ》しにして観察する。

「星霊部隊は化け物揃《ぞろ》い。あの連中に俺が認められるには、星霊術以外で圧倒するしかないはずだ……そうだ、誰も俺に勝てないと悟らせるほどの強さで……！」

最大の難関は――

星霊術の使えない俺が、どうすれば星霊術の天才どもに勝利できる？

……俺はバカだ。

……俺にあるのは愚直な執念だけ。

ご立派な戦術なんて思いつかない。その俺が唯一、直感的に閃《ひらめ》いたもっとも単純明解で俺好みの解答があるとするならば。

――星霊術を使われる前に倒す。

この頃から。

俺の修練は変わり始めていた。

星霊部隊に合格するための修練のはずが、いつしか俺は、星霊部隊を倒すべく、いわば星霊使い殺しの道を進み始めていた。

「……そうだ。目指すは究極の先手必殺だ……」

星霊術は、発動までに一瞬の溜《た》めがある。

その発動の間も与えず倒すことができるなら、俺は星霊部隊の選抜でも対戦相手に遅れを取ることがない。

目指すは『瞬《またたき》』。

星霊術を使わせる間もなく、瞬時に仕留める戦闘技巧。

「ここは皇庁だ。星霊術の知識はいくらでも手に入る。あらゆる星霊術を研究し尽くすこともできる……あとは俺の修練次第……究極の先手必殺を……」

そして。

俺が修羅へと至る修練が、始まった。

いつしか俺は――

王女イリーティアに取り入るという野心さえも忘れきっていた。

これが、後に『瞬《またたき》』の騎士と呼ばれる男《ヨハイム》の源流――
男《ヨハイム》はまだ知らない。
自らが求めた、星霊使い殺しの理想型。すなわち究極の先手必殺。
それは必然的に――

黒鋼の後継イスカとまったく同一の戦闘理念であったことを。

二人がそれを知るのは、この数年先のこととなる。

3

星霊使い殺しの修練。

そこに何年を費やしたかに意味はない。どれだけ圧縮された修羅の時を過ごしたかで、人は変わることを俺は我が身で知った。

これが三度目。

星霊部隊の選抜も、これで最後の挑戦になる予感はあった。

「…………」

「あぁ!? お前の顔、見覚えがあるぞ。また来──」

三度目の顔合わせの教官。

俺に何かを言いかけたソイツが、俺の拳を受けて倒れていく。

「志願番号〇〇九。ヨハイム・レオ・アルマデル」

ざわっ。

周りの志願者たちが、遠巻きで見ていた現役の星霊部隊が。教官をぶち倒した俺を見てギョッと目を見開いた。

それでいい。

俺を見ろ。俺がこれから何をするのか。

「一番腕の立つ奴《やつ》は誰だ？　ソイツをぶちのめして合格する」

背中に担《かつ》いでいた「凶器」を手に、構える。

布きれを巻いた大剣。高価なものじゃない。錆《さ》びついて切れ味なんてゼロに等しい鉄屑《てつくず》だが、これでも俺には十分すぎる。

「さあ誰が――」

その瞬間。

俺は、背後でボッと何かが燃え上がる気配を感じとった。

――後方五メートル。

――大気が焦げる音。これは「炎」か。

真横に跳ぶ。

振り返る間もなく跳んだ俺の脇腹を、紅蓮《ぐれん》の渦が掠《かす》めていく。一抱えはあろう火球が、奥の地面で弾《はじ》けて火花を撒《ま》き散《ち》らした。

「……わかってるじゃないか」

込み上げる笑いを堪え、俺は背後を振り返った。

今まさに死角から炎の星霊術をぶっ放した――星霊部隊の男にだ。

「……避けた……!?」

「感知されるのは計算外だったか？　だが正解だ。お前の判断は正しい」

正攻法では俺に勝てない。

肌で感じとったんだろう？　だから俺の背後から、容赦なく炎の星霊術を撃ってきた。

それは戦士に不可欠な直感だ。

ただし――

俺はもはや、そういう戦いの次元にいない。

「全方向から撃ってこい」

そう吐き捨てるや、俺は地を蹴った。

歩法。極限まで鍛え上げられた筋力と平衡感覚が、大剣を携えながらも一切速度を落とさない踏みこみを可能にする。

――自ら囲まれる位置へ。

「撃たないなら斬る」

「っ！」

俺の殺気を浴びた十数人もの志願者たちが、一斉に身構えた。

火球が、雷撃が、風の刃が。

あらゆる星霊術が俺に集中砲火。それを——迫る雷撃に触れる寸前で止まり、身を翻《ひるがえ》して不可視の風を回避。火球は大剣で叩《たた》き落《お》とす。

「っ⁉」

「……馬鹿な⁉」

俺以外のすべての顔色が変わった。正面からの術はおろか、背後からの星霊術さえ躱《かわ》されるのはさすがに想定外だっただろう？

「もっとだ。もっと撃ってこい」

偶然じゃない。

迫る星霊術の軌跡が、宙にペンキで描くがごとく、俺は肌で感じとれていた。視覚でも聴覚でも触覚でもなく、むろん味覚でも嗅覚でもない。

——絶対霊感。

星霊術欠乏症により。

俺は星霊とは相対する存在だ。俺にとって星霊の力は「異物」で、だからこそ他人より少しだけ敏感に感じることができるらしい。

……笑えるくらいちっぽけな差だ。他人よりちょっと星霊術に過敏なだけ。

……俺にはそれしかなかった。

だから賭けた。

その修練に何もかもを捧《ささ》げた結果、俺は俺だけの絶対霊感《シックスセンス》にまで昇華した。

「喜べよ、史上最強の志願者だぞ」

他の志願者も星霊部隊も分け隔てなく、俺を囲むすべての星霊使いに向け、俺は手招きしてみせた。

「俺の選抜は、瞬《またたき》があれば事足りる」

そこから先は呆気《あっけ》なかった。

目の前の一人目を打ちのめし、二人目を打ちのめし、三人目と四人目を打ちのめし……五人目はいなかった。

志願者も、星霊部隊も。

俺の前に立とうとする者はいなくなった。そして一週間後――

俺は、三度目の不合格を報された。

「…………」

不合格、と。

そう記された手紙をくしゃくしゃに握りつぶし、俺は、王宮の中庭に立っていた。

──不合格。

──事由３「組織的観点から、統率に支障を来す恐れがある」。

一言でいえば連携を乱すから。

どんなに強い戦士でも、星霊術が使えないのであれば部隊の輪を乱す。

なるほど正論だ。

まったくもって反論の余地がない。正論だからこそ、俺に同情してくれるような味方は一人もいないだろう。

「はっ……はは……」

乾いた笑いが込み上げた。

なぜだ。

やはり。

相反する二つの感情がぐちゃぐちゃに混ざり合い、俺の口から込み上げていく。

「……まあそうか」

俺はこの瞬間まで、心の底ではまだ一縷《いちる》の望みを捨て切れていなかった。

誰よりも強く──

誰よりも強いことを証明すれば、俺みたいな星霊使いのなり損ないでも認められる余地はあるのではないかと。

だが……

これで真に諦められた。この皇庁《くに》に、俺の居場所はないのだと。

夢は、二度醒《さ》めた。

この結果がすべてだ。

ネビュリス皇庁はすべての星霊使いの楽園。

星霊使いにとっての理想の地。だが楽園は、星霊使いたりえない者に居場所を用意する気はないらしい。

「――――」

「ひっ⁉」

星霊部隊の受付にいた女が、悲鳴を上げた。

底知れぬ激怒を滲《にじ》ませた俺の目を見て。

「……ふん」

――

後方に控えた星霊部隊の数人を一瞥《いちべつ》。

舌打ちを残し、俺は王宮の中庭を後にした。諦めて帰ろう。

――と見せかけて。

厄介者《オレ》が帰ったと奴らがほっと気を弛《ゆる》めた瞬間。俺は咄嗟《とっさ》に茂みに飛びこみ、息を潜めて中庭に身を隠した。

咄嗟の衝動。

俺自身まったく考えもしていなかった行動だが、本能のごとき激昂《げきこう》がそうさせた。

このまま終わらせはしないと。

夜を待つ。

ネビュリス王宮が強い茜色《あかねいろ》に染まる。

その茜色が徐々に黒を帯び、外灯が点《つ》く時刻にはもう、中庭にはほとんど人影がなかった。

庭師も星霊部隊も立ち去った。

せいぜい夜の警備隊が辺りを巡回する程度だろう。

「…………」

ごそっと茂みから這《は》い出《で》る。

肩についた葉もそのままに、俺はのんびりと王宮の中庭を歩きだした。

目的はない。

あえて言えば、俺は、俺を見下す連中の価値《ちから》を確かめたかった。

「何者だ⁉」

懐中電灯に照らされた。

中庭の警備隊か。ご丁寧にも三人一組《スリーマンセル》で巡回しているらしい。

「……おい、そこで何をしている！」

一人が近づき、二人がその支援に回れるよう後方に待機。

まったく用心深い。

見てのとおり、俺は安物のシャツと中古のコート。銃はもちろん刃物さえ持っていない丸裸も同然の格好だが。

「両手を挙げてこっちを向け。いいかゆっくりとだ。ここで何をしていたのか――」

「お前をぶちのめすのさ」

「っ⁉」

振り返りざまに大地を蹴る。

銃を弾くより早く。星霊術を撃つよりも早く。

相手が瞬《まばた》きする間も許さず懐《ふところ》に潜りこみ、俺はその顎先を拳で撃ち抜いた。

「貴様っ⁉」

「不審者を発見！　中庭の入り口で暴れ——ぐっ⁉」

その言葉を撃ち抜いた。

ここは中庭だ。小石なんざいくらでも落ちている上に、この闇に乗じた投擲《とうてき》はお前らには避けられないだろうな。

これで残り一人。

「石を投げる遊びは初めてか？　雪合戦は？」

「っ！　何を——」

「お上品なお前たちは知らないか」

石を警戒し、咄嗟に腕で目を庇《かば》うのは悪くない。

が、その瞬《またたき》の隙さえあれば事足りる。最後の一人との距離を詰め、俺は何の工夫もなく振り上げた拳でソイツの腹を殴りつけた。

「……ぐっ⁉」

うめき声を残して転倒。

屈指の精鋭であるはずの王宮警備員。それを三人まとめて蹴散らして……が、俺の胸には何ら感慨が込み上げなかった。

満足感も達成感もない。

むしろふつふつと湧きたつのは、純然たる怒りだ。

「……こんなのでいいのか？」

王宮警備員《こいつら》は生粋の星霊使いのはず。

こんなにも弱くていいのか？

俺を不合格にさせておきながら、「星霊使いだから」という一点で、こいつらが国の重役を務めている現実。

何なんだ、この不平等は。

「……俺を見ろ」

拳を握りしめ、俺はその場で唸《うな》った。

俺は死に物狂いで強くなった。ここまで強くなっても認められないなら、いったいどうすれば認められる！

星霊部隊に勝って、王宮警備隊を蹴散らして。

これでも足りないのか？

「……いっそ純血種でも小突けばいいのか？」

始祖ネビュリスに連なる三王家。

その王家の血筋は、とりわけ強大な星霊を宿すことから純血種と称される。

ここは王宮の中庭だ。

純血種だって通りかかっても不思議じゃない。

「そいつを俺が叩《たた》きのめせば満足か？　そうすれば俺が認められるのか？」

答えは否。

わかってるさ。純血種を殴り飛ばそうものなら、俺は大犯罪者だ。

俺という存在が認められるどころか指名手配犯になってお終《しま》い。破滅の道だとも理解している。

それでも俺は止まれなかった。

無形の苛立《いらだ》ちが俺を突き動かすのを止められず、止める気もなく、夜の中庭をあてもなく彷徨《さまよ》い続けて――

「……あいつは」

外灯の下で。

護衛もつけず中庭のベンチに座る、純血種がいた。

王女イリーティア・ルゥ・ネビュリス9世が。


ただし別人同然――

そこにいたのは、変わり果てた王女だった。

目元に暗く落ちた影。肩はみすぼらしく落ちこんで、広場で民衆を前にして歌っていたあの笑顔も枯れ果てている。

疲れ果てた。まわりのものすべてに嫌悪《けんお》感を抱いている。

そんな表情だ。

なぜそう思うか？

その王女と似た表情を、俺が毎日見て生きているからだ。

「鏡に映った俺みたいな目だな」

「っ！」

王女がハッと顔を上げた。

俺の声を聞きつけたのか？

意外だった。あんなにも「心ここにあらず」の態度でも、俺の独り言を聞き取るくらい、まだ現実側に意識を残していたらしい。

「そこに誰かいるの⁉」

まあいい。

ご丁寧に「はい」と答える気はないが、俺は外灯のそばまで歩いて行った。

「――――」

「……あなたは泥棒さん？」

王女には、俺がさぞ薄汚い男に見えただろう。

真っ先にその単語が出るのも妥当。むしろこの緊張感ある状況で、咄嗟に「泥棒」ではなく「泥棒さん」と呼びかける胆力が、俺としては感心に近い驚きだった。

「ここにいるのが俺で命拾いしたな」

その一言で十分伝わるだろう。

俺は命を狙った刺客や盗人《ぬすっと》の類じゃない。案の定、王女が僅かながらもほっと緊迫感を和らげたのが伝わってきた。

「……良かったわ。なら、あなたは私のファンかしら？」

「そう見えるか？」

「ええ」

エメラルドの髪をした王女が、クスッと笑んだ。

「以前、広場で私の歌を聴いてくれてたから」

「っ！」

どれだけ前の事を覚えてるんだ。

いやそもそも、あの何百人という群衆の顔を一人一人覚えていたのか？

俺が広場に着いたのはコンサートの終わり際だ。無数にごった返す観衆を押しのけての入れ替わりだぞ？

その動きさえも一人一人見ていたのなら――

なるほど大した才女だ。

星霊以外のすべてを持っている王女と、そう揶揄《やゆ》されるだけのことはある。

「あいにく、俺があの広場にいたのは偶然だ」

「あら残念」

イリーティア王女が残念そうに肩をすくめてみせた。

「なら、あなたは何なのかしら？」

「何に見える？」

「…………」

　王女が黙る。

　ベンチに座ったまま、俺の目元をじっと見つめて。

「苛立っているように見えるわ」

「はっ！」

　堪《たま》らず噴きだした。

　大正解だ。この王女、なかなかどうして人を見る目もあるじゃないか。

「お見事だ」

　その場で拍手してみせる。

「俺がどうしても許せないものが二つある。今までは俺自身が一番だったが、つい今日、一位と二位が逆転した。俺は一番許せないのは、この国だ」

「……この国？」

　イリーティアがきょとんと瞬き。

「帝国の聞き間違いかしら？」

「地平線の先の帝国なんざどうでもいい。目の前のこの皇庁《くに》だ」

　腹の底が再び煮えくり返ってくる。

くしゃくしゃに丸めた結果通知。広場のゴミ入れに投げ入れるかわりに、それを王女に向かって放り投げてやった。

「……あぁ、そういうことね」

王女が丸めた紙を広げる。

それをサッと一読し、合点《がてん》がいったと言わんばかりに頷《うなず》いた。

「あなたは星霊部隊の志願者だったと。不合格でいじけてたのね」

「そうだ」

「落ちこまなくていいわ。星霊部隊は精鋭揃《ぞろ》いだもの、何なら再挑戦だって――」

「もう三度落ちた」

「……え？」

「星霊術欠乏症。星霊術が使えない者は戦場に立つ資格なしらしい」

「ぷはっ！」

俺は、この時のイリーティアを一生忘れないだろう。

盛大に噴きだした。類い希《まれ》なる高貴さで知られる王女がなんとも俗っぽく噴きだして、おまけに腹を抱えて笑いだしたのだ。

一般庶民が、酒場で大笑いするかのように――

「さ、三度も星霊部隊に落ちたの!? 星霊術欠乏症なのに諦めずに? あ、あははははは!……はは っ……あぁごめんなさい、人の不幸を楽しむ趣味なんてないと思ってたのに」

目の端に涙が溜《た》まるほどに笑いころげる王女。

笑いすぎて息も絶え絶えだ。

「……ああ可笑《おか》しい。わたしだって同じ穴の狢《ムジナ》なのに、こんなに可笑しいなんて」

そこへ。

複数の足音が、背後から勢いよく迫ってきた。

「急げ、こっちだ!」

「単独犯とは思えん! 増援を急げ!」

王宮警備隊。先ほど俺が眠らせた三人の仲間か。そいつらが血相を変えてイリーティアのベンチまで走り寄ってきた。

「イリーティア様!? こちらで何をなさっているのです!?」

「夜風に当たってたのよ」

にこりと笑う王女。

広場で、群衆相手に披露したのと同じ仰々しい笑顔でだ。

「どうしたの？　そんな慌てて」

「お気を付けください！　中庭の奥で警備員三人が倒れておりました。何者かに襲われたものと思います」

「まあ？　手荒い者がいるのね」

イリーティアが驚きの声。

それが演技調であることに気づいたのは、俺一人に違いない。

「でも大丈夫。私はずっとここに座っていたけど一人も来てないわ。きっと中庭を抜けて城の外へ向かったんじゃないかしら」

「ありがとうございます！　貴重な情報に感謝いたします、急げ！」

警備員が去っていく。

その騒々しい足音が闇夜に消えていくのを待ち、俺は茂みから這《は》い出《だ》した。そんな俺を、王女は目を細めて可笑しそうに見つめていた。

「……俺を庇《かば》う必要があったか？」

「笑わせてもらった御礼《おれい》」

声を弾ませて答える王女。

だがフッと、その麗《うるわ》しい顔が恐ろしいほど無表情になった。

「私もこの皇庁《くに》が嫌い」

本心だろう。

それが嘘《うそ》偽りのない言葉だとはすぐにわかった。

イリーティア王女は女王になる見込みがない。その背景を知る者ならば、誰でも察することはできただろう。

「……私は星霊使いが嫌いなの。星霊だけで何もかもが決まってしまうこの皇庁《くに》が、どうしようもなく憎たらしい。帝国以上に」

知っている。

そう口にしかけた言葉が陳腐に感じられ、俺はこう答えることにした。

「気が合うな」

「…………」

王女が一瞬、押し黙った。

空を見上げていた視線から、無言で俺を見つめてきた。

「あなたがさっき来るまで、私がここで何を考えていたかわかる？　『この皇庁《くに》も帝国も全部壊れてしまえばいい』って思ってたわ」

ずいぶんと過激な言葉だな。

そう思いながら、俺は気安く頷いた。

「全部なくそう」

それは——

俺としてはただの相槌《あいづち》のつもりだった。

どうせ向こうは冗談の類だ。万が一、億が一にそこまで考えていたにせよ、俺のような身分の者が同意したって相手にされるわけがない。

さっきみたいに、クスッと体の良《い》い微笑で流されるに決まっ——

「…………本当に、本当に？」

気づけば——

瞬《またたき》があれば事足りる。

大きく揺れる虹彩異色《オッドアイ》のまなざしに、俺はその場に縛りつけられた。

「……本当に？　本当にあなたもそう思ってくれるの？」

イリーティアの声は、震えていた。

雨に打たれて震える子猫のような。その弱々しい声が、彼女がどれだけの勇気を絞っての発言だったのかを教えてくれた。

それが、それこそが――

美しい。

広場で何百人もの群衆を虜《とりこ》にした、あの女神のごとき微笑《ほほえ》みよりも。

今にも泣き崩れそうなほど儚《はかな》く、それでも俺を見つめる凛《りん》と澄みきったまなざしを……

俺は美しいと感じてしまった。

彼女の瞳の奥に、俺が持っていない決意《もの》が宿っていたからだ。

……本気、なんだな。

……王女イリーティア、お前は本気でこの皇庁《くに》を壊したいと願っているのか。

重大な国家反逆だ。

もしもこの場に王宮警備隊が引き返していたら。今の話が聞かれたならば、彼女は明日にも王女の座を失ってしまうというのに。

……それだけの秘密を。

……俺に打ち明けたのか。打ち明ける相手に俺を選んだというのか。

そう気づいた瞬間。

俺は――――

「どう壊したい？　イリーティア王女」

俺は。

彼女の前で片膝をつき、頭を垂れていた。

「言ってくれ」

「……叶《かな》えてくれるの？」

「叶えるのはあなた自身だ。俺はその手足になる」

俺の中で何かが晴れた。

この人を……夜のベンチで誰にも助けを求めることができず絶望していた王女を、どうにか助けてやりたいと思ってしまったんだ。

「俺は、あなたの力になりたい」

「…………」

イリーティアが口を閉じた。

無言を選んだわけじゃない。俺に何かを伝えたくて、そのための言葉を探す間に思えた。

「……あなたは一人で夜の王宮に忍びこみ、私のもとにやって来た。あなたは偶然に思うでしょうけれど、私は……ずっと待っていたの」

「待っていた？」

「決まってるでしょう」

少しだけ照れくさそうに。

明かりの下で、王女ははにかみながらこう言った。

「悪い城に囚《とら》われた姫を解放してくれる騎士を、よ」

「…………」

「だから私も教える。大切な秘密を分かち合う」

王女が胸に手をあてた。

ベンチに座ったままで、宣誓するかのように宙を見上げて。

「私は魔女になりたいの」

「……魔女？」

「皇庁を壊す怪物になりたいの。わたしの何もかもを捧《ささ》げても」

その意味は俺にはわからなかった。

かといって説明を求める気もない。それが主の望みなら――

「なればいい。世界中の誰にだって、その望みを笑わせるものか」

「……では頭を上げて」

つっ、と。

俺の頭に指先が触れた。

ベンチから立ち上がったイリーティア王女が、跪《ひざまず》く俺の頭を愛《いと》しげに撫《な》でたのだ。

「あなたの名を教えて」

「ヨハイム・レオ・アルマデル」

「ではヨハイム。今この瞬間からあなたを――」

その翌朝。

俺は、第一王女イリーティアの近衛兵《このえへい》として王宮に堂々と入っていった。

4

近衛兵となって一か月。

イリーティアが俺に命じたのは「私をどんな困難からも守れるくらい強くなること」。

俺の行動は縛られなかった。

近衛兵の立場は飾り。イリーティアの傍《そば》で待機するのではなく、俺はひたすらに修練に励んだ。今まで以上にだ。

いつ「その時」が来てもいいように。身と心を研ぎ澄ませ――

「出かけましょう、ヨハイム」

その召集は突然だった。

お忍びの服に着替えたイリーティアに連れられて、俺が向かったのは中立都市。

公務ではないらしい。

では休暇かというと、それも違う。

目的地に向かうにつれ、道中でイリーティアの口数が徐々に少なくなっていたからだ。

俺はそこに違和感を覚えた。

いったい何が目的で、どこへ行く気だ？

「こっちよヨハイム」

中立都市に着いたイリーティアは、迷わず郊外へと歩いていく。

人気のない廃屋の、その裏戸で。

「待っていたよお姫さま」

古びた白衣姿の女が、俺たちを出迎えた。

お姫さま──つまりイリーティアの身分を知っているわけだ。身につけている白衣からして、医者か研究者か。

「おや？　誰かな、この赤毛の男は」

「私の護衛ですわ。ケルヴィナ主任」

「姫君、ここで行われる『施術』は皇庁の誰にも明かさない。私にそう念押ししたのは、お前ではなかったかな？」

「そうですわ」

「……ま、いいさ。珍しい風の吹き回しもあったものだね」

ケルヴィナと呼ばれた女が肩をすくめる。

俺を一瞥《いちべつ》したきり目も合わせようとしないのは、俺の素性などどうでも良いということなのだろう。

「さあ入りたまえ。外で雑談していると周りに見られてしまうからね」

廃屋の裏口から通されて──

リビングがあるはずの広間で、俺は一瞬、立ちくらみじみた酩酊《めいてい》感に眉をひそめた。

「……何だここは……」

壁という壁、そして天井を何十枚というモニターが埋めつくしていたのだ。

机には、奇妙な色の溶液が入ったビーカーやフラスコ。

中央には診察台。

ただし拘束具付きの診察台を、俺は初めて見た。

「お前は医者か？」

「いいや」

ケルヴィナという女は俺に見向きもしない。

街をふらついていた当時の俺よりも薄汚い白衣、その背中を俺に向けながら。

「医者が『治す者』であるならば、私は医者ではないよ」

「？」

「なぜなら私は『引き上げる者』だからだ。マイナスをゼロにするのが医者。私はゼロをプラスにする研究をしている」

その返事の片手間に。

ケルヴィナは、診察台に腰掛けるイリーティアの右手から採血していた。それを巨大な検査機にかけて……何かを計測している？

「素晴らしい」

モニターに表示された数字の羅列に、ケルヴィナが声を震わせた。

爛々《らんらん》とする瞳。三日月形に唇を吊《つ》り上《あ》げて。

「ああ素晴らしいよイリーティア王女、お前には可能性がある」

「おい」

堪《たま》らずその肩を摑《つか》んだ。

いい加減にしろ。この女が俺など眼中にないことは構わない。だがイリーティアの血を抜いて何を調べている？

「それがお前の研究か？　イ、イ、イリーティ、ティ、ア、か、か、何を調べ、て、いる？」

「簡単な適応検査《パッチテスト》さ」

ケルヴィナが振り返った。

歪《ゆが》んだ微笑。イリーティアの血を抜いた採血管とモニターに目をギラつかせる姿は——

狂科学者という言葉を、俺に想像させるには十分すぎた。

「八大使徒も喜ぶだろう。新たな被検体の誕生だ」

不審な単語が次々と。

八大使徒？　被検体？　そもそも適応検査《パッチテスト》とは？　だがこの狂科学者《ケルヴィナ》に訊《き》いてもまとも

な答えは返って来るまい。

「イリーティア、これは何の研究だ」

「魔女になる研究よ」

「……これがか？」

忘れもしない。

俺とイリーティアが出会った晩にも、同じ単語を聞いた覚えがある。

……魔女だと？

……それは星霊使いへの蔑称ではないのか？

おそらく意味が違う。

この廃屋でされているのが人体実験の類なのはわかったが、魔女が何を意味するのかはまだわからない。

「くくっ」

狂科学者《ケルヴィナ》が愉快そうに肩を震わせた。

俺をちらりと盗み見て。

「お前よほど信用されていないらしいね。イリーティアに」

「……何だと！」

「そうじゃないわ」

俺が拳を握りしめた瞬間。

その拳を、イリーティアの両手が包みこんだ。

「っ」

「信じてヨハイム。私が、あなたに言う勇気を今日まで出せなかっただけ。だから今日、教える……私が何をしているのか」

「むしろ聞いたばかりじゃないか」

イリーティアの言葉を継ぐ狂科学者《ケルヴィナ》。

「このお姫さまにはね、野心を実現する力が足りないのさ。その力を得るために、人外の怪物になる実験に志願したんだよ」

「……それがこの人体実験だと⁉」

「幸運であり不幸でもあるが、イリーティアには適性ありと判明した。それがこの適応検査《パッチテスト》だよ。お前も試してみるか？」

有無を言わさず——

狂科学者《ケルヴィナ》の手には注射器が握られていた。注射筒《シリンジ》内部で波打つのは薄紫色の薬液。それを左腕の静脈から注入される。

一秒……二秒……三秒を数える前に。

ドクンと、俺の心臓が握りつぶされたような。そんな激痛が。

「〜〜〜っ⁉」

続いて襲ってきたのは猛烈な寒気と吐き気。さらには全身が燃え上がるような体温上昇。

初めて経験する苦痛に、俺はその場にくずおれた。

何だ？

俺の肉体にいったい何が混入した？

「……貴様っ、毒か？」

「毒？　まあそうだね。この星でもっとも危険な毒かもね」

朦朧《もうろう》とする視界の向こうで、狂科学者《ケルヴィナ》が嗤《わら》った。

「注入した薬液に対して、お前の肉体に宿る星霊が拒絶反応を示しているのさ。おっと、安心するといい、その拒絶反応を示すのが正常な人間の証《あかし》だよ。裏を返せば『適性なし』。私の被検体にはなれないね」

「……何だと？」

「イリーティアの適応検査《パッチテスト》は、お前の七倍強い薬液だ」

「っ⁉」

口にしかけた言葉が吹っ飛んだ。

唖然《あぜん》とした――そうとしか喩《たと》えようのない状態の俺を見下ろし、狂科学者《ケルヴィナ》が机に並んだビーカーの一つを取りだした。

その薬液は濃紫色。

言われてみれば、俺が注入されたものより圧倒的に濃い。

「ご覧のとおりイリーティアは平然としているだろう？　だから素晴らしい。魔女になる素質があるんだよ。あとはこの薬を少しずつ濃度を上げていって――」

「そんな悠長なこと、してられないわ」

「……む？」

狂科学者《ケルヴィナ》が振り返る間もなく、イリーティアが診察台から立ち上がっていた。

机に並べられた五つのビーカー。そのもっとも色の濃い薬液のビーカーを握り掴んで、蓋を捻《ひね》り開けて――

イリーティアは、その薬液をワインのごとく一息で飲み干した。

ゴクン、と。

イリーティアの喉が、あの異様な薬液を一滴残らず嚥下《えんか》した。

「……なっ⁉　イリーティア⁉」

俺は思わず叫んでいた。

わずか数ミリリットルの薬液を注入されただけで、俺は拒絶反応にのたうち回った。

イリーティアが飲み干した薬液はその比じゃない。

濃度も液量もだ。

死ぬぞ。俺は本気でそう覚悟した。

だが──

「心配しないでヨハイム。ほら」

王女が、唇についた薬液を指先でぬぐい取る。

その薬液さえも舌で舐《な》めとって……イリーティアは涼しげに笑ってみせたのだ。ほら、平気でしょう？　そう言わんばかりに。

「……馬鹿な……」

狂科学者《ケルヴィナ》がよろめいた。

驚嘆と讃美《さんび》が入り交じったかのような、引き攣《ひつ》った笑い声を滲《にじ》ませて。

「耐えたのか？　アレの溶液を飲み干して…………ははっ……王女、お前は本当に化け物になるかもしれないね」

その頬から汗が滴《したた》り落《お》ちていく。

俺でさえ「イリーティアが何かとんでもない事をした」のがわかったのだ。狂科学者《ケルヴィナ》の驚嘆は、おそらく俺の比ではあるまい。

「では王女、これから小旅行へご招待しよう。出発は二週間後。それくらいには受け入れの準備ができる」

小旅行？　イリーティアをどこへ連れて行く気だ？

俺がそう訊《たず》ねる前に、狂科学者《ケルヴィナ》が肩をすくめてみせた。

「私の研究所は帝国にあるのでね」

「帝国だと⁉」

耳を疑った。と同時に納得もいった。

こんな中立都市のボロ屋敷《やしき》に偽装された研究所だ。ロクなものじゃないと思っていたが、帝国が絡《から》んでいるのなら納得だ。

……皇庁の敵。

……俺にとっても敵国であるのは間違いない。

だが俺以上にイリーティアだ。

帝国に行くなど正気か？

ネビュリス皇庁の王女といえば、帝国が喉から手が出るほど欲しい魔女だ。見つかれば即座に捕らえられ、死ぬより辛《つら》い屈辱が待っているはず。

「……イリーティア」

胸に手をあてて、じっとしている王女を見つめた。

「本当に帝国に行く気か？　お前にとって世界で一番邪悪な国だぞ」

「そうよヨハイム。そこでしか、私が望む力は手に入らないの」

これは後にわかることだが——

先ほどの薬液が及ぼす肉体への影響を調べるため、イリーティアは既に何度も帝国への行き来を続けていたらしい。

「……わかった。ならば俺も行く」

「おっと待ちたまえ」

狂科学者《ケルヴィナ》が仰々しく溜息《ためいき》をついた。

「お姫さまを守る騎士のつもりかい？　私が連れて行くのはイリーティア一人だよ」

「何っ！」

「考えてごらん。ネビュリスの王女を、帝国に運びこむことの難しさを」

「空港には星霊エネルギーの検出器が隈《くま》なく整備され、警備員が巡回している。一人だけでも至難なのさ。そしてお前は被検体じゃない。ただの人間だ。そんな奴《やつ》の運輸に労力を割くほど、私はお人好《ひとよ》しではないよ」

「……ぐっ！」

言い返せない。

俺の運輸に気を割いて、それでイリーティアの運輸がバレてしまっては元も子もない。

俺だってそんなことは望んでいない。

「……ここでも俺は不合格というわけだ」

「まあ安心したまえ。お姫さまは私が必ず帝国へ運んでいこう。なに、大事な被検体だ。帝国軍などに渡すものか」

「同感だ。だが一つ付け足そう」

「ん？」

「イリーティアの護衛はお前じゃない。この俺だ」

背後を振り返りざまに、手を伸ばす。

机に並ぶ五つのビーカー。もっとも濃い薬液はイリーティアが飲んでしまったから、俺が摑《つか》んだのは二番目に濃い薬液だ。その蓋をこじ開ける。

「っ⁉　お前何を――」

「ヨハイム⁉」

狂科学者《ケルヴィナ》、そしてイリーティアが目をみひらいた。

彼女たちが止める間もなく、俺は、俺の太ももめがけてその薬液を浴びせかけた。

俺の、俺の、星紋めがけて。

……じゅっ。

煙が上がる。続いてやってくる未曽有の激痛に、俺は意識を失いかけた。

「――――っ⁉」

右足が、骨と肉ごと叩《たた》き潰されていく錯覚。

何千本の剣に刺されても、何万の銃弾に撃たれてもここまでおぞましき激痛にはならないだろう。

「…………ぐっ…………ぁ…………く……っ！」

「ヨハイム何をしているの⁉」

イリーティアが手を伸ばし、俺を支えようとする。

その手首を摑んだのが狂科学者《ケルヴィナ》だ。

「お待ちよ、お姫さま……これはこれは」

この女は気づいたのだろう。

俺の右太ももにある星紋から白い煙が上がる。身を焼かれる激痛のなか、俺の体表から星紋がじわじわと消えつつあったのだ。

良かった。

これで、い、い、イリーティ、ィ、ア、を、い、い、追える。

「……ケルヴィナとやら……お前は言ったな……」

激痛で意識が飛びそうだ。

歯を食いしばり、拳を握りしめ、俺は無我夢中に口にした。

「この薬液が星霊にとっての猛毒……ならば、この薬液に浸せば星紋が消える……そうじゃないか…………？」

「花丸を与えよう」

パチパチ、と。

それは狂科学者《ケルヴィナ》の拍手の音だった。

「星紋の摘出施術。この程度の濃度では全身の星霊エネルギーを消し去るには及ばないが、お前の肌から星紋を焼き捨てることはできるだろうね」

「……これで帝国の星霊エネルギー検出器に引っかからない。そうだな」

「運が良ければね」

狂科学者《ケルヴィナ》の答えはあくまで素っ気ない。

「理解した。お姫さまの運輸は私に任せ、お前は自力で帝国の国境を越える気かい？」

そういうことだ。

イリーティアが飛行機を使うなら、俺は陸でいい。幹線道路《ハイウェイ》から車一台で国境検問所《チェックポイント》を越えればいいだけのこと。

……俺はもともと星霊術欠乏症だ。

……星紋を焼き捨てた今、星霊エネルギーの検出器に引っかかる気はしない。

どうせ皇庁に未練はない。

「イリーティア」

歯を食いしばり。

絶え絶えの息ではあるが、俺は彼女に訊《き》かねばならない。

「もう一度言う。あなたが帝国に行くのなら俺もだ。それとも俺は邪魔か？」

「――――」

イリーティアがしばしの沈黙。

碧《みどり》と黄の虹彩異色《オッドアイ》が、俺を見つめて。

「ばかな人ね」

ふっと微笑《ほほえ》んだ。

「邪魔ならここに連れてきてないわ」

「……そうか」

良かった。

俺はそれだけを確かめたかった。その一言だけで、どんな死地にも飛びこめる。

それが帝国という敵国であろうとも。

「良《い》い報告だ。立派な騎士君」

モニターと睨《にら》めっこの狂科学者《ケルヴィナ》が、高速で何かを入力していく。

「八大使徒がお前に興味を示したよ」

「……八大使徒？」

「私の研究の出資者《スポンサー》さ。お前を、帝国皇庁どちらのスパイにも使いたがっている」

狂科学者《ケルヴィナ》に紙きれを渡された。

ご丁寧にも、どうやら俺の帝国入りの指示書らしい。

国境検問所《チェックポイント》の何番ゲートに入り、入国後はどの経路《ルート》でどこへ向かうか。時刻に至っては分刻みで指定されている。

「覚えたら焼き捨てること」

狂科学者《ケルヴィナ》がイリーティアと並び立つ。

馴《な》れ馴れしくも彼女の肩に手を乗せる様に、俺は無言で下唇を噛《か》みつぶした。

「一足先に帝国で待っているよ。お前の大事なお姫さまと一緒にね」

5

その一月後。

俺は帝国の中心、帝都ユンメルンゲンを訪れた。

すべて狂科学者《ケルヴィナ》の指示書のとおり。何もかもが初めての地で、地下五千メートルという地下を訪れて――

そして出会った。帝国を牛耳る最高権力者たちと。

『よく来たね。ヨハイム・レオ・アルマデル君』

暗い議会場。

俺が見上げた先で、壁に埋め込まれた八台のモニターが怪しく光り輝いている。

『あなたを歓迎するわ』

『星紋を捨てた男が、皇庁《くに》を捨て、帝国軍の使徒聖になるという筋書き《ドラマ》はどうだろう？　いざとなれば天帝の首を狙う計画も実現可能だ』

「…………」

この一か月という期間で――

俺はイリーティアからすべてを聞かされた。

星の中枢に、星霊をも超える「災厄」が眠っていると。イリーティアと八大使徒はその力を利用するための共謀関係にあるらしい。

……八大使徒は百年前の亡者《もうじゃ》たち。

……災厄の力を利用し、天帝や始祖を超えようと画策している。

もっとも、俺にとってはどうでもいい。

俺の使命は「忠実」であること。俺が帝国入りするにあたり、八大使徒の絶対的権力が必要なのだから。

今は、黙って飼い犬であり続けよう。

『では決定だ』

八台のモニターから満足げな声。

こいつらの手足として使われる屈辱の苦みも、甘んじて受け入れよう。

ここでない場所で——

イリーティアは、俺の屈辱など比にもならない苦痛と闘っている。

『帝国司令部に推薦しよう』

『ヨハイム・レオ・アルマデル、この国外で発掘された原石を、使徒聖に推薦する』

かくして俺は——

帝国軍のまったく外部から、八大使徒の異例の推薦によって使徒聖に昇格した。

もちろん猜疑《さいぎ》の目は向けられた。

帝国軍からも、他の使徒聖からも。

だが俺にとっての幸運は、天帝ユンメルンゲンが眠りについていたことだ。当の天帝が口出ししない以上、誰も、八大使徒の推薦に反論できなかった。

『おめでとう使徒聖ヨハイム』

『これで君は、帝国を自由に歩き回る権利を得た』

帝国軍の身分証。

俺が喉から手が出るほど欲《ほっ》していた物だ。これで帝国のどこを歩こうが怪しまれない。

その権力を使って——

俺は、狂科学者《ケルヴィナ》の研究所を訪れた。

6

一か月以上もの別離を経て――

久方ぶりにイリーティアと会える。

高揚と、わずかな緊張。それが柄にもないことは俺自身も自覚しているが。

「……ここが狂科学者《ケルヴィナ》の研究所か」

古びた屋敷《やしき》だ。

長年の風雨にさらされた外壁はペンキが剥がれ落ちている。幽霊が出ると、そんな噂《うわさ》が出てもおかしくないような不気味な廃墟《はいきょ》。

事前に教えられた扉の鍵を開け、館の内部へ。

「……この地下か？」

こんな陰気な場所にイリーティアを閉じこめているのか。

狂科学者《ケルヴィナ》にまずは文句を言ってやろう。俺はそう心に決意し、地下に続く階段を降りていって。

「っ、貴様⁉」

そこに怪物がいた。

人間の少女のような輪郭《シルエット》。

だがその髪は宝石のような金属質に凝固し、全身の肌は海月《クラゲ》のように透明で背後の壁が透けて見えているではないか。

むろん人間の筋肉や肌が、幽霊のごとく透けるわけがない。

……何だこの怪物は！

……それにイリーティアはどこだ、狂科学者《ケルヴィナ》は⁉

「ん？　お前どこから入った？」

怪物が振り向いた。

こちらを見るなり、好戦的で挑発的な笑みを向けてくる。

「まあいいわ。菫色《すみれいろ》に燃えちゃいなさい」

「……異形が」

テーブルを蹴りつけ、俺は地下フロアの壁ぎりぎりまで後退した。

ふっと息を吐く。落ちつけ。俺が驚いたのはイリーティアの代わりにこいつが飛びだしてきたからだ。

いざ戦闘というのなら。

「臆する理由はない。瞬《またたき》があれば事足りる」

「はっ！　言うねぇ！」

怪物が両手を広げて――

「待ちたまえヴィソワーズ」

後方から響いた声が、待ったをかけた。

一月前とまるで変わらぬヨレヨレの白衣を肩にひっさげて、狂科学者《ケルヴィナ》がアクビまじりに歩いてきた。奥の部屋からだ。

「一応は我々の協力者だよ。その男」

「は？　こいつが？　だって帝国軍の服装よ？」

「イリーティアの飼い犬だ」

「はぁ⁉　じゃあ皇庁の人間だってこと？　星霊エネルギーも感じないけど」

「星紋はないよ」

狂科学者《ケルヴィナ》が俺の右足を指さした。

「災厄《アレ》の溶液でね、彼は星紋を焼き捨てた」

「はっ⁉　あははは っ、やるわねぇ！　面白いことするじゃん！　そこまでして帝国に侵入したかったわけ⁉」

怪物の高笑い。

お世辞にも心地よいとはかけ離れた嬌声《きょうせい》に、俺は無言で眉をひそめた。

「ケルヴィナ、何だこの化け物は」

「イ、イ、イリーティア、が、成りたがっ、て、い、る、魔女だよ」

「…………何だと……」

一瞬、頭が思考を止めた。

美の女神のごときイリーティアと、この醜い魔女《ヴィソワーズ》。その両者がどうしても俺には結びつけられなかったからだ。

「あたしがバケモノねぇ」

魔女《ヴィソワーズ》の低い笑い声。

「その言葉、そっくりお前の主に聞かせてあげたら？　ほらその奥。ケルヴィナがやってきた方に行ってごらん」

「──っ、イリーティア！」

弾《はじ》かれたように俺は駆けだした。

一か月以上も離れていたからこその、再会を願う気持ちゆえか。

あるいは——

狂科学者《ケルヴィナ》と魔女《ヴィソワーズ》の言葉を信じたくない心が、俺の足を後押ししたのか。

ホールの奥の小部屋。

その古びた診察台を目にして、俺は思わず足を止めた。

一糸まとわぬイリーティアが、獣のようにのたうち回っていた。

喉を掻《か》きむしり。

あの艶《つや》やかな髪を乱し、目をみひらき、声にならない悲鳴を上げていたのだ。

「イリーティア⁉」

「…………」

ぴたりと絶叫が止まった。

静まりかえる部屋。診察台に横たわる彼女が、弱々しくこちらを向いた。

「……ヨハイ……ム？」

「イリーティア！　俺だ、無事なのか……！」

駆けつける。

汗だくの裸身を隠そうともしない、いや隠す力も残っていない彼女に、俺は自分の上着をかぶせてやった。

「ケルヴィナ！　イリーティアに何をした！」

「その問いにはもう答えたはずだよ。魔女化の施術さ」

コツコツと。

靴音を響かせて狂科学者《ケルヴィナ》が近づいてくる。

「王女さまの肉体はもう変化が進んでいる。人間ではないものに。喩《たと》えるならば、体中を虫に寄生され、食い荒らされているような感覚だろうね」

「……さっきの魔女《ヴィソワーズ》と同じ姿にか？」

化け物の姿になるのか。

俺が唇を噛《か》みしめながら絞りだした言葉を、狂科学者《ケルヴィナ》は鼻で笑ってみせた。

「もっと醜い、いものだ」

「……………何を……」

「魔女《ヴィソワーズ》は、災厄の力を濃度〇・〇〇〇二パーセントまで薄めた力を与え、ああなった。イリーティアにはその濃度の五百倍を注入した」

「常人なら死に至るどころか消し飛ぶ濃度だよ。それに耐えているのはさすがだ。まあ、さすがにこのザマではあるが」

「──────貴様っ！」

衝動が、俺の全身を突き動かした。

正面にあった椅子を蹴り飛ばし、その先に立っている狂科学者《ケルヴィナ》の首を絞め上げた。

が。

息もできず酸欠で青ざめながらも、この女は真顔のままだ。

「勘違いしてもらっては困るな。この投与を望んだのはイリーティア本人だ」

「……ぐっ」

怒りに震える手を離し、俺は不承不承に狂科学者《ケルヴィナ》を解放してやった。

皇庁を壊したい。

そのために魔女になりたいと言ったのはイリーティアだ。それは間違いない。

「…………ヨハイム……」

擦れ声。

振り返った俺の目の前で、仰向けに倒れているイリーティアがそっと手を伸ばしてきた。


「……五百倍だとっ⁉」

寒さか痛みか、ひどく弱々しく痙攣《けいれん》した手を。

——手を握って。

彼女のまなざしにそう促されて、俺は、ぎこちないながらもその手を握った。

初めてだった。

イリーティアが俺に手を差しだしてきたことも。

その手を握り返したことも。

「…………………」

「っ！」

イリーティアが無言で見上げてきた。その仕草が意味するものは——

い、いい。

足りない。

——私を抱きしめて。

——苦しくて仕方がないの。

涙でうるんだ瞳。熱っぽく上気した頬。

言葉を交わさずとも、彼女が何を求めているかは明白だった。当然だ。これしきの事がわからなければ俺は護衛失格だろう。

にもかかわらず。

「…………」

俺は躊躇《ためら》ってしまった。

横たわるイリーティアは、俺の上着一枚でかろうじて肌を隠した姿だ。

あまりにも近い肌と肌の距離感に、俺はイリーティアと出会った時から初めて、立場の差を意識してしまったんだ。

……目の前にいるのは第一王女だぞ。

……それに比べて俺は、イリーティアに拾われる前はただの荒くれ者だ。

許されるのか？

俺は、この高貴な王女を抱きしめる俺自身を、許すことができるのか？

そう迷った瞬間――

王女が、俺が与えた上着をはねのける勢いで診察台から飛び起きた。

「っ！」

気づいた時には。

一糸まとわぬイリーティアの方から、俺の胸に飛びこんできていた。

「あの時の言葉は嘘《うそ》だったの？」

「っ！　…………………………嘘じゃない…………！　俺は……！」

…………………………………………………………………………………………

俺は。

「……あなたの力になる」

華奢《きゃしゃ》な肩を両腕で包みこみ、背中に手を回して彼女を抱きしめた。

力いっぱい。

お互いにだ。俺はイリーティアを全力で抱きしめ、イリーティアもまた――苦痛に悶《もだ》える彼女が、俺の背中を掻きむしるように指を突き立てる。

「……ヨハイム……ごめんなさい……」

「謝られる覚えはない」

消え入りそうな声の主に、俺はただただ本心のままそう応じた。

「俺は、あなたに感謝しかない」

「……」

「俺を選んでくれて、ありがとう」

その一晩――

俺は、苦悶《くもん》の声を上げるイリーティアを抱きしめ続けていた。

結論からいえば。

その一晩が過ぎてもなお、イリーティアは変化などしなかった。

魔女《ヴィソワーズ》のような怪物にならなかった。その事実にホッとしている自分がいる。それが俺にとって複雑な感情ではあったが。

「大器晩成だよ」

そんな俺の内心を見透かすように。

天井のモニターを見上げ、狂科学者《ケルヴィナ》は真顔でそう言ってきた。

「魔女《ヴィソワーズ》の姿に嫌悪《けんお》感を覚えたなら、より覚悟しておくことだね。あの姿でさえ生温《なまぬる》い。イリーティアはもっと不気味で醜い姿になるよ。今はさしずめ変容期。幼虫のサナギのような状態だが、サナギから美しい蝶《ちょう》が生まれるとは思わぬことだ」

「………………」

その一言一言が、俺の精神を逆撫《さかな》でする。

が――

裏を返せば、これは狂科学者《ケルヴィナ》なりの気遣いであるようにも俺は感じていた。お前の主は化け物になる。生半可な気持ちでいるな、と。

「俺は、揺らぐつもりはない」

「それならば結構」

天井を見上げ続ける、狂科学者《ケルヴィナ》。

「ヨハイム。君は『触媒《カタリスト》』という科学用語を知っているかな?」

「俺は無学だ。学術には興味がない」

「まあ聞きたまえ。たとえば物質Aと物質Bが融合して物質Cになる化学反応があるとして。触媒《カタリスト》はね、物質A＋物質Bが物質Cになる、その反応速度を加速させる役割を持っている」

「興味がないと言っ――」

「触媒《カタリスト》は君なのさ」

「……何っ?」

「私の過《あやま》ちだ。なにせ私は当初、君にまったく興味を抱かなかったからね」

カツッ。

靴音を響かせて、狂科学者《ケルヴィナ》が振り返った。

「物質A(イリーティア)＋物質B(災厄の力)が混ざって物質C(魔女)になる。君という存在はこの化学反応式には登場しないが、ちゃんと意味があるんだよ。イリーティアの魔女化の『安定化』にだ」

「…………」

「触媒《カタリスト》を感傷的《センチメンタル》に言い換えるなら、『心のよりどころ』だよ。君という存在がいることで、イリーティアの苦しみ方は劇的に鎮《しず》まった」

「…………」

「今後も彼女に寄り添うといい。それが私の研究のためになる」

無言で応じる。

こちらを見つめる狂科学者《ケルヴィナ》に、俺は自ら背を向けた。

「お前の研究などどうでもいい。俺は、俺とイリーティアのために寄り添うだけだ」

そして歩きだす。

この陰気な地下研究所の奥にある、彼女の部屋へ。

──トンッ。

ドアを叩《たた》くと、すぐに「どうぞ」という声が返ってきた。

「体調はどうだ」

「……………最低だけど、最低の中だと悪くない方かしら」

質素なシャツ姿のイリーティア。

ベッドを椅子代わりにして腰掛けて、彼女は前傾姿勢で俯《うつむ》いていた。

その手には、手鏡。

「どうした？」

「……覚悟はしていたのに」

パリン、と。

彼女の手から手鏡が滑り落ちて、ひび割れた。

「……いざその時が近づいてくると、怖いわね」

怪物になる時。

類い希《まれ》な美貌をもって生まれてきた王女が、その地位と姿を捨てて、ヒトならざる者に生まれ変わる時が近づいている。

「いいえヨハイム」

イリーティアが顔を上げた。

「怖いのは、自分が怪物になることじゃない。私が怖いのは、私の変わり果てた姿を見て、あなたが怯《おび》えてしまうこと。それを想像しちゃったのよ……」

彼女は、微笑《ほほえ》むように泣いていた。

艶《つや》やかな睫毛《まつげ》を湿らせて、目元を赤く腫らしていた。

「……ごめんなさい」

彼女がふらりと立ち上がる。

薄暗い部屋の、薄暗い隅で、壁に寄りかかって息を吐く。

「……私、王宮の誰に裏切られても、誰に陰口を言われても耐えられた。だけど……ふしぎね。醜く変わり果てた私を見てあなたが悲鳴を上げたら……私……生まれて初めて、自分の選択を後悔す――――っ！」

言葉は半ばで途切れた。

俺が、イリーティアを強引に抱き寄せ、俺の身体《からだ》で彼女の顔を覆っていたからだ。

「恐れるな。俺を恐れるな」

「…………」

「俺を頼れ。俺を使え。俺を誇れ。俺を信じろ。俺を選んだことは間違っていないと、俺自身が証明してやる……………いつだって隣にいる……」

「…………ありがとう」

イリーティアの声に力が戻った。

彼女を抱きしめる俺を、抱きしめ返す。

「立派になったわね。私の騎士」

騎士か。

そういえば、俺とあなたが初めてあった時にもそう言われたな。

「……俺は、あなたの騎士になれたか？」

「ええ。あなたは『瞬』の騎士ヨハイム。私だけの騎士……」

その日以降。

イリーティアは食事を摂《と》らなくなった。

水も睡眠も欲《ほっ》さなくなり、彼女は徐々に、刻一刻と、人間の枠から逸脱していた。

その一方。

俺は遂《つい》に、天帝ユンメルンゲンとの謁見の日を迎えていた。

『お前がヨハイムかい』

帝都の最奥《さいおう》にある天守府で――

俺を迎えたのは、銀色の獣だった。

顔かたちは猫と人間の少女を足し合わせたようで、衣装から覗《のぞ》く脚は狐《きつね》か何かだろう。

豊かな毛に覆われた尻尾もおよそ人間とは言いがたい。
……これが天帝。
……百年前の星脈噴出泉《ボルテックス》で、星霊と同化した人間か。
これが初見なら声を上げていただろう。
だが俺はあいにく、魔女《ヴィソワーズ》という化け物との出会いで耐性がついている。
『ふぅん？』
無言で跪《ひざまず》く俺を見下ろして——
天帝ユンメルンゲンの目が、ほぼ正円に近い形にまで見開かれた。
『なんだろうね。お前、とてもうっすらだけど星霊エネルギーを感じるよ？』
「っ！」
馬鹿な。久しく忘れていた緊張感に、俺は、背中からどっと汗が噴きだした。
見破られた？　いや嗅ぎつけられた？
星紋は焼き捨てた。
帝国のあらゆる検出器でも、俺の星霊エネルギーを感知することはできなかったのに。
……さすがは天帝。
……魔女《ヴィソワーズ》とは違う意味で、こいつも見た目通りのバケモノか。

どうする。

正体を看破されたなら、今この場で即座に「斬れ」というのが八大使徒からの伝達だ。

だがそれを許す相手か？

『お前、危ういね』

「………………」

沈黙を選ぶ。

しょせん俺の根っこは荒くれ者だ。機転の利《き》く言葉を思いつく知恵はない。

そんな俺をしばし見つめて。

『ふぁっ……ところでお前が熱望していた第一席だけど……』

銀色の獣が、大きくアクビした。

『たしかに長らく空席だね。クロを外に行かせてるが、いつ戻るともわからない。そんなわけで聞き入れてやってもいい』

「っ！　左様ですか……」

使徒聖の第一席。

長らく空席である理由が俺にはわからないが、無理を承知で直訴した結果がこれだ。

断られると覚悟していたが。

『これでお前はメルンの最側近』

天帝が、寝っ転がっていた姿勢から身を起こした。

一段高い座から、あぐらでこちらを見下ろしてくる。

『覚えておきな。お前がメルンを見上げる時、メルンもお前をよーく見ている。ゆめゆめ移り気を起こさぬことだね』

見透かされている。

俺の背後《バック》に八大使徒がついていること。

俺が天帝を観察するのなら、天帝もまた俺越しに八大使徒を監視するぞ、と。

だが願ってもない。

「……承知しております」

天帝も八大使徒も、互いに互いを牽制《けんせい》するといい。

俺は、そのどちらにも、いない。

俺が仕える主は——

天の上にも天の下にも唯《ただ》一人、イリーティアだけなのだから。

そして。

俺と彼女が過ごせる時は、もう僅かしか残っていなかった。

7

人間でなくなりつつあるイリーティア。

彼女の体調は日増しに悪化していく。状態は常に「最悪」。だが最悪の中で、ごく稀《まれ》に「最悪の中ではマシな日」は残されていた。

——彼女がギリギリ立ち上がれる容態の日。

——そして雲一つない快晴。

その二つが奇跡的に重なった日の朝。

俺はふしぎと、これが最後の日だと直感した。だから……

俺は、イリーティアを郊外の丘に連れていった。


さらさらと流れる野草の薫り。

降りそそぐ朝陽《あさひ》は眩《まぶ》しく、そして温かみがある。

ここは帝国だ。

憎かったはずの敵地で、俺は、この自然豊かな丘があることに心から感謝した。

なぜなら。

「……懐《なつ》かしいわ」

イリーティアが笑ってくれた。

息も詰まる淀《よど》んだ空気の地下実験場に長いこと閉じこめられ、徐々に表情を失っていた彼女が、俺の前で笑ってくれたのだ。

「久しぶりに空を見たわ。太陽も、野の花も。こうして風を浴びるのがこんなにも心地よかったなんて……」

そして彼女が走りだす。

「っ。イリーティア！　そんな走ったら――」

「平気、ほら！」

艶やかな長髪を、振り乱し。

真っ白なワンピースを、薫風《くんぷう》になびかせて。

日よけの傘を、振り回し。

青空に笑い声を響かせて。

こんな子供みたいにはしゃぐ彼女の姿、いったい誰が見たことあるんだ？

王女イリーティア・ルゥ・ネビュリス9世じゃない——

俺だけの最愛の主がそこにいた。


……そう。

……俺は。俺はきっと。

この姿を見ておきたくて、この最後の瞬間を彼女と分かち合いたくて。彼女をここに連れてきたんだ。

「あはっ……ははっ………あぁ……走り疲れたわ」

彼女がゆっくりと振り返る。

息を切らして。少し照れくさそうに顔を赤らめて。

その『瞬』間を——

俺は決して忘れないだろう。

あなたが俺だけに見せてくれた素顔《すべて》。それ以上の何を求めることがある?
この日この瞬間が。
何年、何十年の愛にも勝る思い出なのだから。そう——
俺とあなたの恋物語《ロマンス》は、この瞬《またたき》があれば事足りる。

かくして。
一瞬の恋は陽射《ひざ》しに溶けて、俺は主に仕える騎士へと戻った。

そして現在《いま》。
帝都の郊外に、魔女の嬌笑《きょうしょう》が響きわたった。
俺の前に、部屋を埋めつくす勢いで黒い霧がぐるぐると渦を巻きつつある。
誰が信じられるだろう。

この黒い霧がイリーティアだ、と。

狂科学者《ケルヴィナ》の知見は正しかった。災厄の力に誰よりも深く順応した結果、「魔女」となった彼女はもはや生物でさえなかった。

『────』

黒い霧が、渦を巻いてヒトの形に収縮《へ》していく。

豊かな体つきの輪郭だけが、かつてのイリーティアの名残を想《おも》わせる。

『……私、醜い姿ね』

魔女イリーティア。

生まれ変わった彼女の最初の言葉は、自分自身への罵倒だった。

目の前にある姿見を見て──

『どんな姿になるのかって毎晩怯《おび》えてたわ。目が三つになるんじゃないか、腕が四本になるんじゃないか、頭から角が生えて尻尾が生えてくるんじゃないかって……』

予想はすべて外れた。

正解は「何もない」。

角や尻尾どころか、腕も目もなくなった。もはや生物の臓器など不要と言わんばかりに、イリーティアは生物としての器官を全て失ったのだ。

『……本当に、本当に醜い姿ね……想像よりもよっぽど』

「変わらない」

そんな彼女を、俺は後ろから抱きしめた。肉体ですらない黒い霧。手で触れた途端、ぴちゃっ、と水の塊を抱きしめたような感覚が伝わってくる。

体温さえない。俺の手に感じるのは、氷の塊を抱きしめてるような冷気だけ。

それでも――

「あなたは変わらない。俺がここにいるからだ」

『…………』

ほんの一呼吸にも満たない沈黙。

『いいえ変わったわ』

「イリーティア――」

『いいえヨハイム、変わったのはあなたよ』

クスッと。

怪物と化した身でも、イリーティアの笑い声だけは変わらなかった。

『私を抱きしめるのに躊躇《ちゅうちょ》しなくなった』

「っ」

彼女が見せた想定外の茶目っ気に、俺は返事に詰まった。

そんな事を言われて。

俺は何と返せばいいんだ？

『でも、もうお終《しま》いにしましょう』

イリーティアがすっと離れる。

俺の腕を文字どおり空気のようにすり抜けて、彼女が俺の目の前に立った。

一歩分の距離。

手を伸ばせば触れられる距離で。

「気に障《さわ》ったか？」

『おバカさん』

怪物の、呆《あき》れ声。

『こうして抱きしめられていたら、私は……このまま何もかも忘れてあなたと永遠に抱き合っていたくなってしまいそうだから』

皇庁を壊すことよりも。

帝国を壊すことよりも。

最愛の騎士との抱擁を望んでしまいそうになる。

『だからこれで終わり。でも私たちはここからが始まりでしょう？』

イリーティアが手を差しだした。

その手の前で、俺は無言で跪《ひざまず》き、頭を垂れる。

『往《ゆ》きましょう、私の騎士』

「俺の命あるかぎり共に戦おう、我が主」

最後の一瞬まで。

そう、この戦いが終わる『瞬《またたき》』まで、俺はあなただけの騎士であろう。

あとがき

『キミと僕《ぼく》の最後《さいご》の戦場《せんじょう》、あるいは世界《せかい》が始《はじ》まる聖戦《せいせん》』（キミ戦）、短編集3を手に取っていただき、ありがとうございます！

こちらの物語は、ファンタジア文庫の隔月誌ドラゴンマガジン上で連載中の『キミ戦』短編を選《え》りすぐってまとめた特別編です。

長編のストーリーはもう佳境に突入ですが、この短編集はそこから一歩離れ、イスカの日常やアリスの王宮生活などの裏側を掘り下げられたらいいなあと。

◇File.01『あるいは正義の持ち物検査』（2021年1月号）

数ある短編の中でも最多の登場人物数だったかも？

音々とシスベルが同じ雑誌を持っていたり、ネームレスや冥がゲスト参戦したり、個性的な所持品の数々が個人的にお気に入りです。ちなみに仮面卿《きょう》はドラマガ掲載時は登場していなかったのですが、この短編集の掲載に合わせて加筆しました。

こういう細かい加筆、大好きです。

◇File.02『あるいは武術を極めし王女?』(2021年11月号)

アリス、武術に目覚めるの回。

アリスとシスベルが揃《そろ》うとだいたい妹《シスベル》が暴走して姉《アリス》が振り回されるはずが……今回は姉《アリス》が暴走役という珍しいお話でした。

ちなみに裏話――老子ダイクンフーが懐《なつ》かしそうに回想していた「道場から羽ばたいていった小娘」は、実はミスミスです。

◇File.03『あるいは匿名希望の相談BOX』(2021年7月号)

天帝ユンメルンゲンが暇に任せて無茶するお話。

こう見ると、天帝参謀の璃洒《リシャ》は普段から気苦労が大変だなと。こういうお世話が嫌で、クロスウェルが帝国の外に出て行った説がありえ得るかも……?

◇Secret『瞬《またたき》があれば事足りる』(書き下ろし)

長らく温めてきて、ようやくお披露目できました。

ヨハイムの『瞬』たる所以《ゆえん》であり、イリーティアがアリスに問う「騎士と魔女の物語」。その源流――。

二人の関係も、章題《タイトル》も、もはやコレしか考えられないなと。

ところで『キミ戦』での完全一人称は、もしかしたらこれが初かもしれません。それくらい本気で書きたかったSecret Fileです。

……さて。本編のお話はここまでにしつつ。ここからはお知らせを。

▼TVアニメ『キミ戦』、2023年にSeason II放送決定！

長らくお待たせしました！

今まではアニメ続編という情報のみ先出しされていましたが、遂《つい》に正式なお披露目です。

2023年、どうぞ楽しみにお待ちくださいね！

『キミ戦』公式アカウントもぜひチェックを！（https://twitter.com/kimisen_project）

▼『神は遊戯《ゲーム》に飢えている。』5巻、8月25日発売！

アニメ化企画進行中の新シリーズ、最新5巻発売です。

なんと『キミ戦』短編集の翌週にあたる8月25日刊行なので、ぜひぜひ『キミ戦』と一緒に応援してもらえたら嬉《うれ》しいです！


最後に、スペシャルサンクスを。

今回も極上のカバーを描きあげてくださった猫鍋蒼《ねこなべあお》先生、ありがとうございます！

ドラマガ9月号のアリス浴衣《ゆかた》姿も最高に可愛《かわい》かったです！

そして担当のO様。小説&アニメもろもろで大変お世話になっております。さらなる『キミ戦』の飛躍に向けて、どうぞよろしくお願いいたします！

ではでは――

8月25日、『神は遊戯《ゲーム》に飢えている。』5巻。

そして今冬、『キミ戦』14巻予定。長編もいよいよ佳境です！

両シリーズ共に全力で盛り上げていきますので、ぜひご期待くださいね！

夏真っ最中のお昼に　細音啓《さざねけい》

次回予告

「ご覧、帝国兵諸君。
私は究極の知に触れたのだ。これが星の神秘だよ！」

当主タリスマンとイリーティアの死闘を経て
太陽の王女ミゼルヒビィに最大の転換期が訪れる。
時同じくして。帝国を裏切った元隊長シャノロッテと
ミスミスが再会、そして衝突が始まった。
帝国を舞台に、星と月と太陽が交わって——

至高の魔女と最強の剣士の舞踏、第14幕

太陽よ、もっとも気高き未来を私に示せ！

キミと僕の最後の戦場、
あるいは世界が始まる聖戦 14

今冬 発売予定

お便りはこちらまで

〒一〇二－八一七七
ファンタジア文庫編集部気付
細音啓（様）宛
猫鍋蒼（様）宛

富士見ファンタジア文庫

キミと僕《ぼく》の最後《さいご》の戦場《せんじょう》、
あるいは世界《せかい》が始《はじ》まる聖戦《せいせん》 Secret File 3

令和4年8月20日　初版発行

著者——細音《さざね》　啓《けい》

発行者——青柳昌行

発　行——株式会社KADOKAWA
〒102-8177
東京都千代田区富士見2-13-3
0570-002-301（ナビダイヤル）

印刷所——株式会社暁印刷

製本所——本間製本株式会社

ISBN978-4-04-074617-3 C0193 ◇◇◇

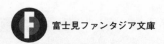

騙しあい。

各国がスパイによる戦争を繰り広げる世界。任務成功率100%、しかし性格に難ありの凄腕スパイ・クラウスは、死亡率九割を超える任務に、何故か未熟な7人の少女たちを招集するのだが――。

シリーズ
好評発売中！

ファンタジア文庫

世界最強の
“不可能任務”に挑む少女たちの
痛快スパイファンタジー！
スパイ教室
竹町
illustration
トマリ

切り拓け！キミだけの王道
ファンタジア大賞
原稿募集中！
賞金
《大賞》300万円
《金賞》50万円
《銀賞》30万円
選考委員
細音啓 「キミと僕の最後の戦場、あるいは世界が始まる聖戦」
橘公司 「デート・ア・ライブ」
羊太郎 「ロクでなし魔術講師と禁忌教典《アカシックレコード》」
ファンタジア文庫編集長
前期締切 8月末日
後期締切 2月末日
公式サイトはこちら！ https://www.fantasiataisho.com/